JN035553

D+

dear+ novel

samishii kamisamano merry-go-round

さみしい神様のメリーゴーランド

華藤えれな

新書館ディアプラス文庫

さみしい神様のメリーゴーランド

contents

illustration：木下けい子

さみしい神様のメリーゴーランド
samishii kamisama no MERRY-GO-ROUND

いつからあるのか、いつ始まったのかはわからないけれど、世界中を移動している小さな小さな遊園地がありました。

子供たちに人気なのは、遊園地の真ん中にある可愛いメリーゴーランドです。

お花や宝石で飾られた綺麗な真っ白の木馬や、苺《いちご》のケーキやチョコレートやプリンで飾られた馬車。

大人たちには、大観覧車が人気でした。その街を遠くまで見渡すことができるのです。

サーカス、人形劇、見世物小屋……。

たくさんの人に夢と喜びと、束《つか》の間の幸せを与えてくれるその遊園地には、とてもさみしい神さまがいました。

神さまは、誰か自分の花嫁になってくれる人がいないか、メリーゴーランドの前でいつもじっと待っていました。

片手にいっぱいの風船を持ち、愛する人がやってきて、その風船をつかむのをずっとずっと。

けれどそこにやってくる人たちは誰も風船に手を伸ばしません。風船を手にすると、永遠に遊園地から出られなくなるからです。

だからいつも神さまはひとりぼっちでした。

赤、青、黄色、ピンク、白、金色、銀色……と、たくさんの風船を持ちながら、神さまはメリーゴーランドの前で愛するひとを待ち続けるのです。

子どものころ、佳依《かい》はその童話を読むのが大好きだった。

五歳のとき、亡くなった母が持っていたフランスの絵本。母はよくフランス語で読み聞かせてくれた。

（遊園地……どんなところだろう。行ってみたいな。この絵のように、きらきらしたとっても綺麗な場所なのかな）

風船を持ったひとりぼっちの神さま。絵本に描かれていたのは黒い服を着た金髪の美しい男の人だった。とてもさみしそうな顔をしている。

（遊園地に行ったら会えるかな。その風船、もらってもいいかな。ぼくもひとりぼっちだから……。この絵本のなかの遊園地から出られなくなってもいいから。こんなに綺麗な世界で神さまとお友だちになれたら、とっても楽しいだろうな）

そんなふうに思いながらずっと過ごしていた。

1

「……佳依《かい》、何なんだ、これはっ！　壊れているじゃないか」

顔にめがけて投げられた扇《おうぎ》が額にぶつかって床に落ちていく。

こめかみに痛みを感じたが、かまっている余裕はない。保月《ほうづき》佳依は床に落ちた扇を拾ってどこか壊れていないか確認した。

「どこも問題ありませんが」

「おれが壊れていると言ったら壊れているんだ、さっさと新しいものと交換しろ」

いらだった声をあげているのは、佳依の異母弟の保月勇舞《ゆうま》。室町《むろまち》時代からつづく能楽の宗家《そうけ》――保月流の若宗家である。異母弟といっても、ほぼ三ヵ月違いで生まれているので、互いに十八歳という同い年ではあるのだが。

「すぐに用意します」

丁寧に扇をたたみ、佳依は勇舞に一礼した。

「支度部屋でちゃんとしたやつをさがして持ってこい。それまで後半の稽古《けいこ》は休憩だ」

勇舞が能舞台から降りると、客席にいた赤いドレス姿のフランス人女性が近づいてくる。くるくるとした赤毛が魅惑的な彼女は、異母弟の新しい恋人だ。舞台稽古の見学に来いと呼んだらしい。

彼女が客席に現れたので休憩を取ろうと思い、扇が壊れていると難癖《なんくせ》をつけたのだろう。支度部屋でちゃんとしたやつをさがせ——つまりゆっくり時間をかけてさがしてこいということだ。

すぐに新しいものを持って戻ったりしたらなにを言われるか。

せっかく恋人が遊びにきたのに、無粋《ぶすい》な異母兄だと、苛立ちをぶつける対象になってしまうだけだ。

佳依は扇を持ち、舞台の裏にある支度部屋へとむかった。すると通路にいた弟子たちの会話がうっすらと耳に飛びこんでくる。

「いいのか、稽古場にあんな女性を呼んだりして。彼女、モンマルトルにあるムーラン・ルージュの踊り子だろう?」

「ああ、美脚で有名なフレンチカンカンの。パリに来てから、若宗家は好き放題だな。日本で大手呉服屋の令嬢と婚約したばかりなのに」

弟子たちの言葉に、流石《さすが》にこのままではまずいという気持ちになってくる。誰一人、面と向かって勇舞に注意できる人間はいない。ああ、また彼の悪い癖だと思う者はいたとしても。

「まだ十八歳の遊び盛りだ。長身で見た目もいいし、許嫁《いいなずけ》に縛られず、羽を伸ばして遊びたいんだろう。口うるさい宗家夫妻は帝都に残っているし、ここでは全員、彼に従うしかない」

「色恋は芸のこやしというが……あんな調子で、このパリ公演がうまくいくかどうか」

「どうせ外国人相手だ。日本ほど観客の目も煩《うるさ》くないし、せめてここにいる間くらいは遊びたいって感覚なんだろう」

どうせ外国人——パリにやってきた一座の面々の大半がそんな感覚でいることには気づいている。

外国人であろうとなかろうと最高の芸を見せるべきでは——と思うのだが、佳依にはそれを口にする資格はない。師範ではあるものの舞台に立つこともできず、助手兼通訳としてやってきているだけだから。

パリに到着した翌日、そのことを進言したのだが、『それなら、もう舞台に立たない』——と勇舞が気を悪くしてホテルの部屋に閉じこもってしまった。謝罪に謝罪を重ね、何とか気を取り直してもらったけれど、それ以来、勇舞の機嫌を損《そこ》ねないよう、細部まで気をつけるようになった。

西暦1900年、パリで行われている万国博覧会《ばんこくはくらんかい》。

佳依が生まれる十数年前まで、日本は長期間、鎖国《さこく》し、武士が政権をとっていた。しかし開国とともに欧米化が始まり、ウィーンの博覧会に参加したのを機に、今回も世界の国々が参加する万国博覧会への出展を行うことになった。

そんな日本のパビリオンの催《もよお》しの一環として、再来週《さらいしゅう》から、博覧会会場の横手に作られた仮設劇場で、数日ごとに歌舞伎、能楽、浄瑠璃《じょうるり》……と日本の舞台芸術作品を公演することになっている。といっても、パリでは、男性が女性を演じる舞台よりも、本館に「出展」された芸者たちの美が注目されているのだが。

たとえ話題にならなくても、人気がなくても、日本の古典芸能の代表として参加する以上は、最高のものをと思うのだが、宗家が日本に残っているせいか、外国の雰囲気に圧倒されているのか、どの座員も何となくうわついた感じが否めない。

(このままでは良くないと思うけど……ぼくの力では……)

本来なら若宗家である勇舞が全員を引っ張っていかなければならないのだが、パリにきて以来、勇舞は解放されたかのように遊んでいる。

「まいったな」

再来週からの本番に向けて、それぞれが稽古や準備を重ねていて、今日は、午後三時以降が保月流の順番となっていた。

能楽部門では帝都に拠点をかまえる保月流と、京都に拠点を置く鳳城《ほうじょう》流の二流派が選ばれ、別の日に一演目ずつ舞台を予定している。

(あちらも若宗家がきているけど……勇舞と一緒に遊び歩いているようだ)

だからそういう行為を注意したりすれば、あちらの若宗家の不興も買うことになりかねない。多流派との揉《も》めごとはご法度《はっと》だ。それも加わって、勇舞が遊び歩いていても誰も止めることはできない。

せめて自分だけでもしっかりしなければ――と思うのだが。

支度部屋に行き、佳依は荷物のなかから扇入れを取りだした。ふと鏡を見ると、こめかみが切れていた。

「……痛……」

佳依は懐紙《かいし》を出し、鏡を見ながらそこをそっと拭《ふ》いた。

大きな黒い瞳が目立つ、少し中性的な顔立ち。通訳なんてしないで芸者の仮装をすればいいのにとからかう者もいるが、たしかにとても十八の男性には見えない、儚《はかな》い感じがする。パリでは子供にまちがえられたり、少女にまちがえられたりすることもある。

佳依は長めの前髪で傷を隠し、黒い着物と灰色の袴《はかま》をととのえると、新しい袱紗《ふくさ》で包んだ扇を胸に抱いて立ちあがった。

もう二十分くらいしてから向こうに戻ったほうがいいだろう。

佳依は支度部屋をあとにし、少し時間をつぶすために裏口から外に出た。

日本のパビリオンは古美術の展示が中心になっていて、いつもたくさんの見物人が訪れている。ずらりと並んだその列をいちべつしたあと、佳依は広場の向こうに見える移動遊園地に視線をむけた。

通訳兼雑用係のような助手としてパリにきて一ヵ月。

現場への行き帰りや休憩時間、ふとしたときにあの遊園地を眺めるのを楽しみにしている。子どものころ、母が読み聞かせてくれたフランス語の絵本を思い出すからだ。

貿易商の娘だった母は、親の影響でフランス語を学んでいたとか。

本当は海外に留学したかったらしいが、家同士のつながりで能楽の宗家に嫁《とつ》ぐことになった。父との間に愛情はなく、父は新橋の芸者を愛人として囲い、そちらとの間にできた異母弟の勇舞をかわいがっていた。

二人とも同じように父の元で能楽を学んでいたが、幼少時、馬車事故で佳依が足を痛めたあと、勇舞を後継者に名指しした。そして佳依は彼の補佐をするようにと言われた。

その後、母が亡くなり、勇舞の母親が正式な宗家夫人となった。母のものは殆《ほとん》ど捨てられてしまったが、絵本とフランス語の辞書だけは手元に置くことができた。

形見の絵本を自力で読みたくて、佳依はフランス語の勉強を始めたのだが、こうして通訳としてパリに同行でき、宗家の役に立つことができるのは嬉しい。

宗家の息子として能楽を続け、師範として入門者に教えてはいるが、右足を引きずって歩くことしかできないため、本舞台に立てない。着替えを手伝う黒子《くろこ》もつとまらない。正座すらできないのだから。

それでも家業の伝統芸能を愛している。だから少しでも役立てるのはとても幸せだし、パリに来て、こんなふうに本物の遊園地を見ることができるのもとても嬉しい。

（あれが遊園地なんだ）

まだ一度も行ったことはないが、毎日わくわくしながら柵《さく》の前を通っている。

万国博覧会に合わせて設置されたという移動遊園地。まるでおとぎ話に出てきたような遊園地だ。

哀愁のある円舞曲《えんぶきょく》を演奏しているアコーディオンの音色が耳にとても心地いい。子どもたちのはしゃいだ声も聞こえてくる。大きな観覧車、キラキラとした美しいメリーゴーランド、とても面白いサーカスもあるという。

一度、ゆっくり遊んでみたいなあと思う。けれど大の大人が一人で遊ぶのもおかしいのではないか。そんなことを考えながら、目を細め、遊園地で遊んでいる自分のことを想像している時だった。

「――――！」

パッと頭上から水をかけられ、はっと我に返る。夢から覚めたような顔で振り向くと、そこには恐ろしい顔をした勇舞がいた。

「なにをしているんだ、こんなところで。まだ何の準備もできていないのか」

「すみません、扇はここに」

佳依は袱紗をひらいて扇を渡そうとしたが、勇舞はそれを払った。

「もういい。ちょっと疲れていて、今日の稽古はやめる」

「でも今日は舞台の場当たりを」

「わかってる。サボっていた罰だ、代わりにおまえが後半の確認作業をやるんだ。距離を確認するくらいできるだろう」

「でもそれでは感覚が。今回は初めての能舞台ですし」

日本にいるとき、たまに頼まれることがあった。慣れた舞台上でのことなのでそれも仕方ないと思っていたが。

「説明してくれたらできる。まだ何日か稽古をする予定もある」

「ですが、ぼくは足が」

「すぐに足が足が……と言うが、お怪我さまは気楽でいいな。責任がなくて。それともおれの命令が聞けないのか」

お怪我さま……。昔から、自分に面倒なことがあると、彼は二言目にはそう言う。いいな、気楽でという言葉をつけて。

「わかりました、代理をつとめます」

異母兄とはいえ、宗家のなかでの立場は違う。父がいない今、若宗家の彼が絶対的な存在である。

濡れた髪と襟元《えりもと》を手拭《てぬぐ》いでふいたあと、佳依は襟元と袴を整え、扇子《せんす》を手に舞台に向かった。

「若宗家の代わりにぼくがシテ（主役）の場当たりをします。どうぞよろしくお願いします」

よくあることなので、他の面々は落ち着いた様子で自分たちの定位置へと移動する。今日、場当たりをするのは、最終日に披露《ひろう》することになっている「羽衣《はごろも》」——有名な羽衣伝説を元にした舞台だ。先ほど前場《まえば》九十分の稽古を終えたので、これからは後場《のちば》の稽古である。

「……っ」

舞台に立ち、謡曲《ようきょく》を口にした瞬間、佳依は驚いて息を止めた。

音が違う。反響する。だから、声が出しやすい。

空気が違うせいだろうか。それとも建物のせいなのか。

（すごい、身体も軽い。そのおかげで膝への負担が少なく済む）

日本にいたときよりもずっと動けることに感動しながら、舞台の位置やライトの場所を確認していたそのとき、ふっと視線のようなものを感じた。

あれは……。

さほど広くはない会場。その客席の片隅に外国人の男性が立ってこちらを見ている。そこからなにか得体の知れない圧が伝わってきて思わずじっと視線を向けてしまった。

黒い帽子から漏れた金髪のさらさらとした前髪、漆黒《しっこく》のフロックコート。黒手袋で包まれた手の中に小さな黒猫を抱えている。

不思議な空気を感じた。彼のいる場所だけが違う世界に包まれているような。あのひとのほうが天人のように見える。完璧なまでに美しい。

彼の姿に意識を吸いこまれかけたものの、視線が絡《から》み、佳依ははっとして床へと眼差しを落とした。

（どうしたんだ、ぼくは……）

圧倒的な美に魅入《みい》られそうになってしまった。この世のものとは思えないような神秘的な雰囲気。

彼がそこにいるだけでどういうわけか緊張してしまう。

けれど集中しなければ。

今は若宗家の代理であることを忘れてはいけない。たとえ稽古であっても、たとえ足が悪くても。この腕のひとさし、この謡《うたい》を口にする声のひとつひとつに心と魂をこめよう。日本の伝統芸能を伝える一人であるという誇《ほこ》りを失いたくはない。代役とはいえ、今の自分は天女の羽衣の天人だ。この世の人間ではない天女。足の悪さを感じさせないよう軽やかに動かなければ。

そうして集中して稽古をしたせいか、自分でも信じられないほど綺麗に動くことができ、気がつけば最後まで足のことを気にせず踊り終えていた。

「すごい、佳依先生、シテができるじゃないですか」

「残念です。どう見ても、佳依先生のほうが若宗家よりも……」

分家の能楽師たちが話しかけてきた。そう思ってもらえるのは嬉しいけれど、言葉にされると困惑してしまう。そんな言葉が異母弟の耳に入れば、彼は激怒するだろう。

勇舞が舞台に出ないとまた部屋にこもってしまったら大変だ。そうでなかったとしてもどんな八つ当たりをされるかわからない。

この博覧会は何としても成功させなければならない。他の流派に見劣りするようなことがあってはいけないのだ。

「いえ、ぼくは若宗家の代理です。彼には及びません」

佳依は静かにそう答えると舞台に残って、もう一度しっかりと場所の確認をした。

他の面々はホテルでの夕食に間にあわないと帰ることになったのだが、佳依はもう少し残って仕事をすることにした。

佳依が同席することを勇舞が嫌がるので、夕食はみんなと一緒に取らないようにしている。そもそも宿泊施設が違う。彼らのホテルの裏にある安宿に泊まっている。

周りはかわいそうだと同情しているが、佳依はそれで満足していた。自由時間があるからだ。遊園地を外から眺めながらゆっくり帰っても非難されないし、残って稽古をしていても咎《とが》められない。

「……ここの床が少し軋《きし》むようだ」

仮設の舞台なので日本のものと様子が違う。そうして舞台の上で確認をしていたそのとき——。

「……っ」

ガタッと天井のほうで重い音がした。パラパラと音を立てて木の破片が頭上から落ちてくる。

危険な空気を感じ、驚いて顔をあげた瞬間、突然、長身の男性が舞台に現れ、佳依を庇《かば》うように抱き寄せた。

「危ないっ！」

腕に抱えられたまま、舞台から転がるように落ちていく。しかしその男性が抱いてくれていたので身体に衝撃を感じることはなかった。

天井が大きく揺れ、大道具の骨組みのような木材が落下し、柱が次々と倒れていく。

あのまま舞台にいたら、完全に下敷きになっていただろう。死ぬか大怪我をしたか。ぞっとした。

「……すみません、助かりました」

あなたは大丈夫ですか——と自分を抱きしめる男性に声をかけ、佳依はハッとした。

彼がぐったりと佳依の体軀《たいく》の上に倒れてきたからだ。

帽子が落ち、さらさらとした金髪が目にかかっている。黒いフロックコート、黒いタイ。

さっき、客席の片隅にいた美しい外国人だった。

「……大丈夫ですか」

驚いて半身を起こした佳依は、彼の首筋から胸にかけて血が出ていることに気づいた。コートの胸元がひらき、白いシャツが真紅《しんく》に染まっている。

怪我をしている。すごい血だ。

「大変だ、今、誰かを呼んで……」

立ちあがろうとした佳依の腕をさっと彼がつかむ。

「待て」

「でも……」

「大丈夫だ」

帽子を拾うと、平然とした様子で彼が立ちあがる。佳依は驚いて目をみはった。さっき赤く染まっていた胸元から血の跡が消えていた。

どうして。確かに見たはずなのに。座ったまま呆然としている佳依に、男が手を伸ばしてくる。目の前に差し出された黒い革手袋に包まれた手。なぜか触れるのがためらわれ、じっとしていると、彼は佳依の腕をつかんで引き上げた。

「大丈夫か？　怪我は？」

「え……ええ……はい、無事です」

「それはよかった」

彼は佳依を立ちあがらせると、すっと手を離した。

「ありがとうございます」

戸口から入ってくる夕焼けがちょうど彼の横顔を照らし、その長い影を通路に刻んでいる。

この国には若くて美しい男性は多くいるが、こんなにも端麗《たんれい》な、天使のように美しい男性を間近で見るのは初めてだ。

やや長めの前髪のさらりとした金髪。宝石のようなエメラルドグリーンの眸《ひとみ》、形のいい上品な鼻筋、少し酷薄《こくはく》そうな薄い唇。年齢は二十代前半か半《なか》ばか。まだ若そうだ。けれどどこか老成したところも感じられ、独特の空気感を漂わせている。

「あの……あなたは」

日本のパビリオンを担当しているフランス人ではない。それ以上の支配階級の、貴族か上流階級のような優雅さがにじみ出ているが、何者なのだろう。関係者以外、ここには入れないのだが。

「若宗家の芸が見たかったのだが……もう帰ってしまったようだな」

「すみません、代理で」

「きみは異母兄の佳依だな」

「は、はい」

やはり関係者だろうか、自分のことを知っているなんて。

「若宗家に御用でしたらホテルにどうぞ。ご案内しましょうか」

「会う気はない。案内も紹介もいらない」

切り捨てるように言われ、佳依は不思議に思って眉をひそめた。

「では、どうしてここに」

「彼の芸を見たかったのだが、目にしたのはきみの舞台だった」

冷たい物言いに、代理であることを非難されている気がして佳依は深く頭を下げた。

「申し訳ございませんでした」

「どうして謝る。とても美しい天人だと感心したのに」

佳依は驚いて顔をあげた。不快に思われていると感じたのだが。

「本物の天人のようだった。舞台を降りても夜の月のように透明な美しさを感じさせるが」

真顔でこちらの瞳をじっと見つめて褒《ほ》め称《たた》える彼に、佳依はどう返事をしていいかわからず戸惑いを覚えた。そんなふうに褒められたことはなかったからだ。

夕暮れのオレンジ色の光が彼の絹糸のような金髪をさらに明るく照らし、翠《みどり》の瞳に陰りを作っている。

「変なことを口にしたか？」

「あ……いえ、美しいなんて言われたことがなかったので戸惑って」

「美しいだけではない。役柄への魂のこめ方、謡の言葉一つ一つ、手や足捌《さば》きの細部への気配り……なかなかのものだった」

彼の言葉に胸が震えた。役への気持ち、動き、謡……こちらが心を込めたことに気づいてくれた事実に。あまりに嬉しくて、佳依の瞳に熱いものが溜まってくる。

「どうした？」

「いえ……気づいていただけたことに感動して、つい涙が」

「感動？　どうして」

「代役でもきちんとしたものを見せたい、そう思って自分なりにがんばったので」

「なら、泣くことはない。きみが伝えたいと思ったことが私に伝わった。伝えたいことがそのまま伝えられるのも実力の一つ。どうしてきみが若宗家にならない？」

「それは流派と関係のない方に言われることではありません。あなたのお言葉は嬉しいのですが、私には無理なことです。足が悪くてうまく踊れないので。だからまともに舞台に立ったことがなくて」

「確か子供のときの馬車事故が原因だったとか」

どうして知っているのだろう。名前も異母弟のことも何もかも。なぜそんなにくわしいのか。

「だが、そんなことを感じさせない踊りだった」

「よかったです。そうしなければと思っていたので」

「そうしなければ？」

「稽古でも舞台に立つ以上、真剣でなければ。妥協《だきょう》も甘えも許されません。足が悪いという言い訳を観客に伝えるわけにはいきません」

「ではきみは本番に出られず、裏方として都合よくこき使われるだけもいいというのか？」

部外者なのに、どうしてそんな踏み込んだところを指摘してくるのか。どうしてそんな言い方をされなければならないのか。佳依は少しムッとして言葉を返した。

「都合よくこき使われてはおりません。悪いふうに言うのはやめてください。あなたはとても失礼です」

思わず強い口調で反論した。そんな佳依をさらに煽《あお》るかのように彼が問いかけてくる。

「ではきみは満足しているのか。一生、異母弟の影でもいいと」

「華やかな舞台がすべてではありません。能面《のうめん》、装束《しょうぞく》、扇、芸の基礎、舞台の床、黒子など、いろんな力があわさってこそ観客の心を打つ芸術になるんです。むしろこうして裏方に関わることで、一つ一つの大切さを肌で知ることができてよかった。そんな自分だからこそ異母弟の支えになれると……」

なぜこんなにムキになっているのか自分でも不思議だった。

これまでこんなふうに感情を表に出したことなどないのに。自分の心を殺し、宗家のため、芸のためと自分に言い聞かせることで己の平静を保ってきた。異母弟のこともよく思ってはいなかった。けれど今、初対面の人間に不躾《ぶしつけ》とも思えるようなことを言われ、自分は本気になって反論している。

そんな佳依の言葉に彼は「なるほど」とうなずいた。

「バカがつくほどの生真面目さ、一途《いちず》さ、誇り高さ。やはりきみが若宗家になるべきだ。助けて正解だった」

確信に満ちた口調で言われ、佳依は小首を傾《かし》げた。

「まだ十八歳という若さ、少年期の純粋さともいえなくもないが、異母弟から奴隷《どれい》扱いされ、人前で罵倒《ばとう》され、ないがしろにされてきたこれまでの人生を思うと……むしろ清濁《せいだく》を知った上での発言に聞こえる。芸に対して、そういった達観した考えを持つ人間こそ宗家になるべきだ」

このひとは何者なのか。なぜそんなことを言うのか。

「あの……あなたは……」

「自己紹介が遅れた。私は……」

彼が言いかけたそのとき、血相《けっそう》を変えた警備員たちが次々となかに入ってきた。

「大丈夫ですか、今、ものすごい音が聞こえたのですが」

数人の警備員は彼の顔を見るなり、戸惑いを見せ、足を止めた。

「あ……あなたは」

「……伯爵……どうして」

伯爵？　ということはやはり貴族なのだ。警備員全員が青ざめた顔をしているのはどうしてだろう。よほどの権力者なのか？

「きみたちに用があってきたのではない。能楽が見たくてふらっと寄っただけだ」

警備員たちの顔に安堵の色が浮かぶ。用がないことにホッとしている様子だ。

「ここの天井だが、大道具の建て付けが悪く、崩れてしまった。一歩間違うと死者を出していたぞ」

「そ、それはすみませんでした。明日、日本館の責任者に連絡します」

　佳依が立っていた場所は、主役の立ち位置だ。下手をすると勇舞が怪我をしていた。いや、怪我ならまだいい。彼の言うように命をなくしていたかもしれない。

「それでは、伯爵、我々はこれで」

　警備員たちが去っていくと、伯爵と呼ばれていた彼は振りむいた。

「血が出ている。これは？」

　伯爵は手を伸ばし、佳依のこめかみの傷口をなぞった。

「これは稽古の前に怪我をして」

「この美しい肌に赤い血の跡も魅惑的だが、傷口はないほうがいい」

　もう一度、彼はそこを手袋越しになぞった。

「これで大丈夫だ」

　そう呟くと、彼はふと外に視線をむけた。いつの間にか夕陽の光はなくなり、外は夜の帳《とばり》に包まれようとしている。

「そろそろ夜か。急がなければ。では私はこれで失礼する。きみも早く帰りなさい。気を悪くさせるようなことを口にして悪かった」

ふわっと香る甘いコロンの匂い。なんだろう、この香りは。

いや、それよりも名前だけでも聞かなければ……と思った次の瞬間、彼の姿が劇場から消えていた。

忽然《こつぜん》といなくなってしまった。確かに目の前にいたのに。

「あの……お名前を」

あわてて佳依は外に出た。しかし薄闇に包まれた広場に人影はない。

そんなばかな……。一瞬でいなくなるなんて。

一体、今の彼は何者なのか。

佳依は宵闇に包まれた遊園地のシルエットを呆然とした顔で見つめ続けた。

2

あの不思議な人は何者だろう。名前も聞かなかった。伯爵という称号しかわからない。驚いたことに、彼が触れたところからは傷が消えていた。かすり傷程度だったけれど、その痕跡すらなくなっていたのだ。

（そういえば、彼の血も消えたように思ったけれど……）

夢でも見ていたのか。いや、夢ではない。大道具が壊れ、翌日から舞台での稽古ができなくなったのだから。

では彼に傷を癒《いや》す力があるのだろうか。世の中には、そうした不思議な力を持つ人間もいるというが、実際のところどうなのだろう。こちらのこともやけに詳しかったし、踏みこんだことまで口にしていた。

会場は大道具を建て直すことになり、舞台が使えなくなったので、若宗家《わかそうけ》は稽古を中断し、日本のパビリオンで来客の接待をすることにした。来館する子どもたちに能楽を教えたり、着物の着付けを教えたり。

「佳依《かい》、おまえは顔を出さなくていいから。通訳も本当のプロにやってもらう。その間にこれを直しておいてくれ」

渡されたのは、本番用の装束《しょうぞく》だった。見れば、舞台用の長絹《ちょうけん》がざっくりと破れていた。

「これ、どうしてこんなことに」

「いいから、黙って直すんだ。頼んだぞ」

「はい」

「それが終われば、支度部屋で能面《のうめん》や小道具の確認も。絶対に表には出てくるな。おまえがいると、長老たちが見習えと口にしてくるので迷惑だ。おれがいいと言うまで閉じこもってろ」

長老たちが……。パリ訪問の面々のなかには、古くからの座員もいる。さすがに見かねて勇《ゆう》舞《ま》に苦言《くげん》を呈したのかもしれない。

（……確かに……このままだと、みんな、不安なんだろう）

破れた長絹を手に、佳依は支度部屋にむかった。

劇場の裏にある支度部屋は、幸いにも天井が崩れる被害からは免《まぬが》れていた。日本のパビリオン用の敷地内にはあるものの、大道具や荷物が大量に置かれたその一角は、見物客が立ち寄ることもなく、いつも閑散《かんさん》としていた。

「よかった、ここにも針と糸があって」

薄い着物なのでほつれたところが目立っては困る。

この装束は、江戸時代から代々宗家に伝わる大切なものだ。船旅で布が傷《いた》まないようかなり厳重に管理してパリに持ってきた。

能面にしろ、仕舞扇《しまいおうぎ》にしろ、衣装にしろ、若宗家にはもう少し道具を大事に扱ってほしいと思う。

生まれたときから当たり前のようにそばにあったものなので彼にはその価値がわかっていないのかもしれない。それともまだ若いせいなのか。しかし歳は佳依と同じだ。だから若さはいい加減さの言いわけにはならない。

パリに来る前に父が言っていた。

『まだ若宗家は頼りないところがある。佳依、おまえは異母兄として陰から彼を支えて欲しい。若宗家は決して才能がないわけではない。舞台に立てば花がある。これから伸びていく可能性もある、感性も優《すぐ》れている。ただ恵まれすぎているがゆえに、その才能を伸ばすことができていない』

父は残念そうに口にしていた。

『その点、佳依、おまえは母親を早くに亡くし、苦労をしている分、彼よりもずっと思慮深い。その足さえ動かすことができれば、若宗家に選んでいただろう。しかし今となってはこれで良かったと思っている。おまえというしっかりした補佐がいれば安泰だ。陰ながら若宗家を守ってほしい』

影……。

そうだ、自分は影なのだから、影として精一杯のことをすればいい。

性格的にはこうした仕事は好きなので苦にならない。

（むしろ助かる……一人でする仕事のほうが性《しょう》に合っている）

大勢の弟子の前で若宗家に叱られるのは辛《つら》い。ただ単に自分のほうが真面目で大人しいだけなのに「佳依先生のほうが後継者に向いている」という弟子たちの言葉を耳にするのも辛い。

そんな望みは持っていない。宗家になりたいとは思っていない。手伝えるだけで幸せなのだ。

（あのとき……伯爵に言った言葉……あれがすべてだ）

彼のおかげで気づいた。自分の仕事に誇《ほこ》りを持っていることに。

これまで自覚したことのなかった心の底のもの。

それをあらわにされたような気がした。あのときは、心の中に土足で入り込まれた気がしてムッとしたが、あとで冷静になると、むしろ感謝の念を抱くべきだと思った。

ひとつひとつの仕事への愛情。こうしていられることの幸せ。その尊《とうと》さを今までそれほど実感していなかったように思う。

結果的に自分の誇りを自覚したことで、ようやく父の言う「影」の意味も理解できたように思う。

だから彼に会いたい。そう思っていた。

（もう一度会いたい。彼に謝って……それからお礼が言いたい）

気を悪くさせたと謝ってきた。むしろ謝るのは自分のほうなのに。

思わずムッとして自分でも不思議なほど強く反論してしまった。

あんなふうに感情的になったのは初めてだ。そのことを謝って、それからお礼を伝えたい。

倒れてきた大道具から助けてもらったこと、傷を治してもらったこと……なによりも自分でも気づかなかった誇りに気づかせてもらったこと。

そのことを伝えたくて、行き帰りに修復中の劇場の周りをうろうろしてみたが、その姿を見ることはできなかった。


「――できた」

二日後、異母弟に頼まれた長絹が修復できた。

この美しく透ける素材でできた白地長絹は、天女の羽衣《はごろも》として使用する。流派によっては美しい色彩のものや文様《もんよう》の入ったものを使うが、保月流《ほうづき》では、今にも空に飛び立ちそうな白い薄地の長絹を使う。

衣桁《いこう》にかけると、そこだけ別世界のように輝いて見える。空気まで透けそうなほど。よかった、破れたところもわからない。

根《こん》を詰めて仕上げたせいか、気がつけば夜半になっていた。

外に出た佳依は呆然とした。果たして何時なのか、あたりは真っ暗だった。これまでこんな時間帯まで残っていたことがない。

エッフェル塔を目印にすればいいのだろうけれど、暗くて帰り道がよくわからないし、パビリオンの敷地内はもう通れないだろう。

どうやって戻ろうと考え込んでいたそのとき。

「あ……」

みゃおん……。小さな猫の声がして、見れば物陰に伯爵の連れていた小さな黒猫が現れた。暗いので、シルエットしかわからないけれど、綺麗な金色の瞳からはっきりとこの前の猫だということがわかった。

みゃあ、みゃあ……と泣き声を上げてなにか訴えてくる。明らかに自分に対してのものだと気づき、佳依は猫に近づいていった。

すると黒猫が、くるりと背を向けて倉庫の裏へと進んだ。道案内をしてくれるのかもしれない。もしかしてこの先に伯爵がいるのではないか。そう思うと胸がはずみ、佳依は黒猫についていった。猫は古い木材や廃材《はいざい》が置かれた倉庫の脇を軽やかに通り抜けていく。

「待って、そんなところ歩けないよ」

と言いながらなんとか隙間を縫《ぬ》うようにして猫の後をついて歩く。大道具が積み上げられた倉庫を通り抜けると、そこはいつも通りから眺めていた遊園地の裏口だった。

ふだんは閉ざされている裏門の扉が開き、吸い込まれるように次々と人が入っていく。その向こうでメリーゴーランドと観覧車が動いている。

夜の遊園地だ。

「わあ、夜もやってたんだ」

知らなかった。日暮れとともに閉園になると聞いていたけれど、こんな深夜にやっているなんて。きらきらとした眩《まばゆ》い電飾に胸が高鳴り、子どものころに憧《あこが》れていた気持ちがよみがえってわくわくしてくる。

「すごい、なんて綺麗なんだろう」

感動してあたりを見まわしていると、黒猫はまっすぐメリーゴーランドの前に佇《たたず》んでいる男性に近づいていった。

「え……」

猫を追いかけようとした佳依だったが、その男性を見て驚いて足を止めた。

いくつもの風船を手にして佇んでいる男性……。あの絵本そのものの光景がそこにあったことに加え、その男性が先日の美しい伯爵だと気づき、二重の不思議にびっくりして、その場で目をみはることしかできない。

伯爵の背でくるくるとまわっている黄金色のメリーゴーランド。お菓子や苺《いちご》の装飾がとても愛らしい馬車や金の王冠をつけた白馬。その向こうから少し感傷的な音楽が流れてきている。

そして色とりどりの風船を持って立っている美しい男性。

ああ、絵本の世界が現実となって目の前で動いている。

「きみは……どうしてここに」

伯爵が佳依に気づき、風船を手にしたまま静かに声をかけてきた。

「あ、この子に導かれて」

みゃおん……と鳴いて黒猫が彼の肩に飛び乗る。

「この子はきみが気に入ったようだね。ところで……きみ……私に会いたいと願っていたのか？」

「え、ええ」

佳依はうなずいた。

「あなたにお詫《わ》びとお礼を伝えたいと思っていました」

この前、感じたことを佳依は伝え、ずっと再会を願っていたと伯爵に告げた。

すると伯爵は肩で小さく息をつき、手にしていた風船をメリーゴーランドの前にかけた。

「そうか。きみのその気持ちを察して、猫がここに案内してしまったようだ」

「ぼくの？」

「この猫は私のたった一人の友達でね。分身のようでもあるんだ。誰よりも私のことがよくわかっている」

「お名前は？」

「猫と呼んでいる」

「どうして」

「猫という名前の猫。それでいい」

まあ、確かに言われてみるとそれもいいかもしれないけれど。それにしてもこの人はここでなにをしているのだろう。風船を手にしていたのはどうしてだろう。

そう思った佳依の考えが伝わったのか、彼は静かに言った。

「私はこの遊園地の管理人だ。といっても夜だけだが。昼間は万博《ばんぱく》を覗いて遊んでいる」

特別な関係者なのだろうか。警備員たちが彼を畏怖《いふ》していたが。

「夜も遊園地をやっているなんて知りませんでした」

「ああ、基本的に夜の遊園地には誰も入れない。私からの招待状がなければ」

「えっ、ではぼくは勝手に入ってしまったわけですね」

「そうだ」

「すみません、すぐに出て行きます」

「いや。猫が私のために招待したのだ、心ゆくまで遊んでいけばいい」

「本当ですか？」

思わず佳依は顔を綻《ほころ》ばせた。

「驚いた、すごく嬉しそうな顔をして。遊園地が好きなのか？」

「ええ、大好きです」

「だが、昼間、一度もきたことがなかったはずだ」

「ご存知なのですか？」

「ああ、この万博の中のことなら」

それでも知りすぎだ。一人一人の動きを把握できるわけがない。それとも自分が日本人だからわかりやすかったのか……。

「あの、だからぼくの名前も若宗家のこともご存知だったのですか」

「そうだな、うまく説明ができないがそういうことにしておこう」

はぐらかされたような感じがしたが、あまり深く追及するのもよくないような気がした。いずれにしろフランス語で話している以上、自分にとっては母国語ではないせいか、日本語で話をしているときと違って、すべてが夢のなかの出来事のような気がして不思議なのだ。

あの傷痕がどうして治ったのか、どうしていろんなことを知っているのか。

「いろいろあなたに質問したいけど、今夜は遊園地を楽しむことを優先します」

ずっと憧れていた夜の遊園地。そこで本当に風船を持ったひとに出会った。この人はあの絵本のなかの神さまだと思うことにした。それならいろんなことを知っていても不思議ではない。

そんなふうに自分で割り切って、今はこの遊園地で過ごす時間を精一杯満喫したいという気持ちが勝っていた。

「それなら、今夜は特別な客として私が接待しよう」

「いいのですか？　お仕事は？」

「私もたまには遊びたい。猫もきみを気に入っている。みんなで一緒に遊園地で遊ぶのもいいだろう」

それは素敵だ。とても嬉しい。

「あ、でもホテルに連絡をしなければ。異母弟《おとうと》が帰りを待っているかもしれないので。頼まれ事をしていたから」

「わかった、その件は私の方でなんとかしよう。きみが天女の羽衣の修復を終えたということを私の使者に伝えさせよう」

「いいのですか」

「簡単なことだ」

やはりこれは夢のなかの出来事に違いない。それとも本当にこのひとは神さまなのだろうか。天女の羽衣の装束を修復していた話などしていないのに、こちらのことをなにもかも知っている。

「どうした？」

佳依の視線に気づき、彼が片眉をあげる。

「あの……あなたは本当にただの遊園地の管理人ですか?」

「そうだ」

「でも……それにしても」

「夜の遊園地には不思議なことが多い。きみが幼いころに読んだ本もそうではなかったか」

どうしてそのことを……。

佳依が驚いて見上げると、伯爵はこちらのほうに手を伸ばしてきた。あの黒い革手袋に包まれた手を。

「夢でも見ているようだろう。けれどさっききみが宣言したように、ここでの時間を楽しむことを優先してほしい。疑問を持たず絵本のなかでのことだとでも思って。でなければここに招待はできない」

絵本のなかでの――――。

「……わかりました」

「それでは遊園地を案内しよう。私のことを人はラ・モール伯爵と呼ぶ」

ラ・モール? 果たしてどんな綴《つづ》りなのか。La Môleという名前のフランス貴族のことを書籍で読んだことがあるが、彼らの子孫なのだろうか。と思いながらも、その言葉の響きの別の意味が気になっていた。

ラ・モール――La Mort。死を司《つかさど》る神。日本人の自分にはそれがどういうものなのかよくわからないけれど。

子供のころに大好きだった絵本。母に読んでもらっていたときは気づかなかったが、あとで自分で読めるようになってから、あの遊園地にいた風船を持った神は「La Mort」という綴り――まさに死神だったと知った。

ここにいる彼はあの絵本の風船を持った神にそっくりだ。だとしたら、La Mort なのだろうか。

この前の怪我を治してくれたことといい、佳依のことをなにもかも知っている不思議さといい、警備員たちが顔を見るなり恐れたことといい、この人が本物のラ・モール――死を司る神だとしてもおかしくはない。むしろそうであるほうが納得できる。と同時に、たとえそうであったとしても、自分は彼を怖いとは感じない。それどころか感謝している。本質に気づかせてくれたことに加え、こうして夜の遊園地に招待してくれたことに。

「きみはどうして遊園地が好きなんだ？」

「どうしてって……嫌いな人……いますか？」

きょとんとした顔で佳依が問うと、伯爵は「そうだな」と呟き、胸の猫を撫でながら、ぐるりと周りを見つめた。

「確かに……ここで遊んでいる人間の顔を見ていると、遊園地というものがとても魅惑的な場所だというのがわかる」

「ここで遊んでいる人たちは何者ですか」

老若男女……ありとあらゆる世代の人がいる。中には赤ん坊も。

「彼らは……明日、天国と地獄の門の前にいく人たちと、すでに亡くなった、その一番大切な相手だ」

ではやはりこの人は死神なのだ。

それぞれが会いたかった相手と触れあう。会いたい相手はすでに死んで、一度ここを通った人間。ここを通った者だけがここにきた者とただ一度だけ一夜を過ごすことができる。

「……あの……ぼくにそんなことを教えて良いのですか」

「みんな知っている」

「え……」

「誰もが私を不吉な存在として恐れている。警備員たちの顔を覚えているだろう?」

「え……ええ、でも……あの……本当にそうなのですか」

「本当にそうなのだ」

では彼が絵本の中の神さまだ。ずっとずっと友達になりたいと思っていた彼だ。

この夢みたいな現実に緊張した。

「あ……あの……もし間違っていたらごめんなさい。ぼくは……」

だめだ、うまくフランス語が出てこない。声が上ずる。佳依は目を瞑《つむ》って少し息を整えてから、静かに、ゆっくりとした口調で問いかけた。

「ぼく……子供のころからあなたを知っています。あなたに会いたくてフランス語を覚えたんです。いえ、正しくはあなたの物語を読みたくてフランス語を勉強しました。あなたはあの絵本の彼ですよね？」

伯爵は口をつぐみ、じっと佳依を見つめた。こちらに特別興味があるわけではなさそうだ。

「羽衣」の芸は褒《ほ》めてくれたけれど、人としては雑踏《ざっとう》の一部くらいにしか見ていない印象。優しいのは優しいけれど、出会ったときから彼はいつも同じ表情をしている。

「だったらどうする？」

しばらくして彼がボソリと問いかけた。やはりそうなのかと思ったけれど、そっけないその物言いに、喜びも感動も湧いてこなかった。

「あの……ぼくはずっとあなたのつかんでいた風船をとって友達になりたいと思っていたので」

「知っている」

あいかわらずそっけない声音だ。

「手袋越しでも触れたときに聞こえてきた。私を描いた絵本が好きで、友達になりたいと思っていたことや、これまできみが辿《たど》ってきた人生の多くが」

「あなたは触れるとその相手のことがわかるのですか」

「触れなくてもわかる。だが触れるともっとわかる。ただし……自動的にわかるのではなく、こちらが知りたいと思ったときだけだ。あの羽衣の天人が素晴らしかったので、演者《えんじゃ》の背景を知りたいと思った。だからきみを助けたとき、どっとそれまでのきみの人生が走馬灯《そうまとう》のように脳裡を駆けぬけていった」

淡々とした口調、感情が伝わってこない表情。それこそ能面のようだ。この世の人間とは異質な「羽衣」の天人はこの人のほうがずっと近い。

「きみは私の風船をとることがどういう意味かわかってるのか？」

「い、いえ」

「私の風船をとったら天国にも地獄にも行けなくなる。永遠にこの遊園地の中で私と生きることになる。誰もが普通に辿る死者の道は歩めない。永遠にさまよう運命なのだ」

「……」

「死神の伴侶《はんりょ》になる……そんな覚悟のある人間はいない。だからあの絵本に書かれていたように私は永遠に一人なんだよ」

当然のようにさらりと言われ、佳依は不思議に感じて問いかけた。

「さみしくは……ないのですか？」

「そのような感情を抱いたことは一度もない。ただ少し退屈を感じていた。何千年、何百年と続く人間の営《いとな》みを傍観《ぼうかん》しているだけの生活に。もう少し触れてみたいと思ってはいる。だからこうして、人間に遊園地を案内するという、未知の行動に挑戦している」

「……どうですか？　楽しいですか？」

「まだわからない。だが悪くはない」

伯爵はそう言うと、佳依の胸に猫をあずけた。

「この猫がきみの入場券だ。本来、ここは死者しか入れない場所だが、特別にこの猫と一緒ならきみは夜の遊園地に出入りできる。いつでもきたいときに遊びにくればいい」

「い、いいんですか？」

「死神の友達になるのがイヤでなければ」

「イヤだなんてとんでもない。友達なんて初めてでとても嬉しいです。残念ながら、本物の天人ではありませんが」

「本物でないことくらいわかっている」

ぼそっと呟く朴訥《ぼくとつ》な物言いにもだんだん慣れてきた。人外なのだから、それもありだろう。

そうして歩いているうちに、玩具《おもちゃ》屋やゲームの店が並ぶごちゃごちゃとした一角に到着した。

「わあ、こんなところもあったんですか」

「ここは、アラビアンナイトのグランバザールをイメージして作られた会場だ。万博にふさわしく世界中の遊び場があちこちにある」

アラビアンナイト――千夜一夜物語も、お気に入りの絵本だった。

迷路のように入り組んだ屋根付きの店が軒《のき》を連ねている。

スカーフを巻いた女性や魔法のランプでも持っていそうな中東の服を着た男性が不思議なお菓子を売っている。トルコ帽を被《かぶ》った髭《ひげ》のおじさんの店では水タバコが吸えるらしい。

その店の前で、買い物をしたりゲームを楽しんだりしている人々。

ざわざわとした異国情緒あふれるバザール。ここがパリなのか、本当はアラビアンナイトの世界なのかさっぱりわからなくなってくる。

「ここにいる店員はあなたの仲間ではないのですか?」

「彼らは本物の人間だ。万博や移動遊園地にやってくる行商人を雇《やと》っている。ここを辞めるとき、彼らから私の記憶は消える。忠実に働いてくれるが、仲間ではない。次の場所に移動するとまた別の行商人を雇う」

「では……この遊園地の真の住人はあなただけなのですね」

「そう、最初に言った通り、私と猫だけだ」

「やっぱり本当は……さみしいから、風船を持っているんじゃないんですか?」

思わず問いかけると、伯爵は一瞬返事に困ったように口をつぐみ、しばらくしてから答えた。

「またそんなことを。さみしさを感じたことは一度もない」

「絵本にはそう書かれていました」

神さまはさみしい、と。だから風船の相手を探している。

ずっとずっとこれまでもこれからも誰もつかんでくれない風船を持ち続けて。

「作者が好き勝手に脚色《きゃくしょく》した。私にはさみしいなどという感情は存在しない。人間と一緒にするな」

少しムッとさせた気がして佳依は視線を落とした。

「ごめんなさい」

「まちがいは誰にでもあることだ。それにさみしそうなのはきみのほうだ」

「……っ」

「遊園地の近くを通るとき、いつも泣きそうな顔をしていた」

そんな顔はしていなかったはずだ。でも、そうかもしれない。本当はとてもさみしい。だから絵本を読んだとき、神さまの風船をつかもうと思ったのだ。二人でいればさみしくないはずだから。

彼の言葉の通りだ。と思ったものの、無言のまま反射的に佳依は首を左右にふった。

「違うのならそれでいい。さあ、続きを楽しもう」

佳依の手をつかむと、伯爵はスタスタと歩き始めた。

バザールを抜けると、かわいいカフェがあった。ケーキのケースの前まで行くと、伯爵はそこにあるケーキ……ケーキを指さした。

「このケーキ……今まで食べたことがあるか？」

「いえ」

チョコレートのケーキだ。もちろん食べたことはない。

「これはザッハトルテという。二年前、レマン湖のあたりに遊園地があったのだが、そのとき皇妃《こうひ》エリザベートが幸せそうに食べていた、特別なチョコレートケーキだ。ウィーンで人気のお菓子だ」

その女性の名前は知っている。オーストリア帝国の皇妃で、美貌《びぼう》で有名だった女性だ。

「どんなチョコレートケーキなんですか？」

「杏《あんず》のジャムと濃厚《のうこう》なチョコレートでコーティングした最高のチョコレートケーキだ。これほどおいしいチョコレートケーキはこの世にないと人間たちがよく呟いている。だからきみにも食べて欲しい。食べてくれるな？」

「え、ええ」

「では、一つ買おう。いくらだ？」

店の者に値段を聞き、伯爵が紙幣《しへい》を出す。

この遊園地でも紙幣が必要なのかとびっくりした。

なんでも中に入るときに全員チケット代代わりにここで遊ぶ金が渡されるらしい。何という面白い遊園地なのだろう。

人生の最後の日にこんな楽しいところでめいっぱい楽しい遊びができるなんて知らなかった。

人間への最後のプレゼントがこれほど素敵だなんて。

胸を高鳴らせていると、信じられないほどの紙幣の束《たば》を伯爵が店員に渡そうとしていた。

「待ってください。伯爵、ケーキにしては高すぎませんか？」

佳依はとっさにその手を止めた。

「高すぎ？」

不可解そうに伯爵が眉をひそめると、店員が気まずげに佳依と伯爵をちらちら見つめ、肩をすくめた。

「店員にふっかけられています！」

「どういうことだ？　ふっかけるとは何のことだ？」

そうか。ふっかけられるという行為を伯爵が知るわけない。

「あの……それは貧しい者が金持ちの人を騙《だま》して値段以上のお金をだましとることです。ぼられるともいいます。あなたは神でありながら……カモにされています」

佳依の言葉に、伯爵は興味深そうに店員の顔を見たあと、面白そうにクスクスと笑った。

能面のような彼の顔に初めて表情が宿った。そのことに驚いている佳依の前で、本当に楽しそうに、まるでお腹を抱えんばかりに伯爵が笑っている。それがとても素敵で、本当に満たされたような微笑に思えて、佳依は釣られたように笑った。同じように店員たちも笑っている。

「いいだろう、カモにされよう。それも楽しい」

紙幣の束をわたしたあと、伯爵は皿に乗ったケーキを受けとった。

「とても楽しい。こんな経験ははじめてだ」

伯爵はチョコレートケーキを買うと、フォークでそれをきれいに切り、佳依の口元に差しだしてきた。

口を開けろということか。

佳依がうっすらと唇をひらくと、彼はそこにチョコレートケーキを含ませようとした。

「……っ」

想像よりもずっと柔らかいチョコレートケーキだった。かみしめるとカカオの香りと杏のジャムが混ざり合った何とも言えない甘さと苦味《にがみ》のある心地良い味がふわっと口内に広がる。

おいしい。こんなにおいしいケーキは初めてだ。今まで食べたお菓子の中で一番おいしい。

あまりにおいしくて飲みこむのがもったいないような気がしてくる。それもあり、ケーキを口に含んだまま硬直していると、伯爵が不思議そうに顔をのぞきこんできた。

「どうして飲みこまない。次のチョコレートケーキを食べさせることができないではないか」

「もったいなくて……」

だが、もぐもぐしながら言っているうちにケーキが口のなかで溶けてしまう。伯爵が小首を傾げる。

「もったいない?　どうして」

Sachertorte

「こんなにおいしいケーキ……初めてだからです。あまりにおいしくて死にそうです」

「ダメだ、死なせるわけにはいかない。まだその時が来ていない」

「いつなのかわかるのですか」

「わかるような、わからないような……わかるような感じだ」

そう言われてもわからない。

「不思議そうな顔をして。そうだな、確かに不思議だ。うまく説明できないが」

「なぜ」

「これまでたどってきたきみの人生の終着点は、今という時間ではない。それだけはわかる。だがこれから先、きみがどうやって生きていくかによって真の終着点が変化し、決まる」

「つまり死神に運命が左右されているのではなく、自分のこれからの生き方によって自分の人生が左右されているということですか？」

「その通りだ」

伯爵はうなずいた。

「今すぐ死ぬことはないけれど、これからの自分次第で今後の人生がどれほど長くなるのかそれが変わってくるわけですね？」

「そうとも言えるしそうでもないとも言える」

「少し歯がゆいですね」

「そうかもしれないが、曖昧《あいまい》なほうが良い物事もある。私などは終着点がないのだから」

一瞬、その言葉に目の前が真っ暗になるような錯覚を感じた。

彼の孤独の意味の本当の重さがわかった気がしたからだ。

いや、正しくはまったくわかっていないのだが。

なぜなら永遠に終着点がないことなど想像がつかないからだ。経験をすることができない。

能楽の演目の中にもそんなものはない。

「だから少し退屈になったのだが、きみと友達になって正解だ。自分の遊園地での時間がこんなに楽しいなんて初めてだから」

ふと気がつけば、真昼のように明々《あかあか》とライトが照らされたにぎやかな広場が見えた。

「あれは大道芸人用の広場だ。万博に来ている本物の大道芸人を呼んでいる。彼らもここを出たら、ここでのことを忘れてしまう」

ふたりで通路を進み、広場へとむかう。

そこでは、いろんな芸人たちが芸を披露《ひろう》し、人々が大勢集まっていた。

音楽にあわせて巧《たく》みに動く蛇《へび》を使っている蛇遣い。火の輪をまわしている芸人。ピエロ、軽《かる》業師《わざし》、踊り子、楽士《がくし》、人形劇……。

白と赤の縞《しま》模様のテントではサーカスが行われ、楽しげな音楽が奏でられている。アコーディオン、ヴァイオリン、マンドリン、チェロ、それからオルガン、ドラム、ラッパやフルート……。

黄色や赤や青の電飾がうっすらと灯《とも》るテントのなかでは華やかなショーが行われていた。赤いパジャマを着た子熊が少女と一緒に踊っている。数頭の虎《とら》が平均台をわたっていく。それからピエロの踊り、女性たちの玉乗り。空中ブランコ。象のダンス。

「夢のようです、サーカスを見るなんて初めてで」

なんて楽しいんだろう。

観客席にいる人たちも満面の笑みを浮かべている。いろんな服装をした老若男女。

あの人たちはもうこの世の者ではないのだ。生きているとき幸せだった者もいれば哀しい人生を送った者もいる。

しかし夜が終わると解散。それぞれ地獄と天国に導かれていく。

伯爵がそう教えてくれた。

ここはただの遊園地ではない、と。

改めてそう思って見ていると、楽しそうに遊んでいる人たちの笑顔がとても尊いものに思えてきた。

束《つか》の間の、切なくも儚《はかな》い時間。けれどとても幸せな……。

(伯爵は……ここでこれまでずっと大勢のひとを見送ってきたのか)

彼に与えられたのは果てしなく長い時間。けれどここにいるひとはたった一夜だけ。

ここにくる人は、誰も伯爵の風船をとろうとしないと言っていた。

永遠ではなく、一夜を選ぶ。永遠……言葉は簡単だけど、想像ができない時間だ。

やはり彼はさみしかったのだ――と改めて思う。自覚していないけれど、きっと。でなければ風船を持って立っていたりしない。あんなふうに、一人で、あのにぎやかなメリーゴーランドの前で。

3

それから毎晩、佳依《かい》は遊園地に通うことにした。

昼間は日本館で公演の準備をし、夕方から夜更《よふ》けまで遊園地に行き、伯爵と過ごす。

「きみは……本当は自分が舞台に立ちたいのではないか」

何日目かの夜、伯爵が真顔で尋ねてきた。

「この足では無理ですから」

「きみが望むならその足を治してもいい」

「あの時の怪我のようにですか?」

「そうだ」

「どうしてそんなことを」

「ここにきて、私に楽しい時間を与えてくれている。なにかきみにお礼がしたい」

死神の不思議な力で足を治し、舞台に立つ――。

そうすれば異母弟と同等になり、舞台で活躍することができるかもしれない。

そう思うと、喜びではなく深い奈落《ならく》に落ちていくような、黒い闇が目の前に広がる気がした。

「ありがたいお話ですが……お断りします」

足が治るのはとても嬉しい。だが、それは自然の流れに反する。

こめかみの怪我が治ったのとは訳が違う。自然に完治《かんち》する怪我ならいい。けれど本来ならば生涯付きあわなければいけなかった怪我を死神が不思議な力で治してしまうのは、やはり少し違っている気がするのだ。

「きみは変わっている」

「どうしてですか」

「普通の人間なら怪我を治すと言えばみんな喜ぶ。断ったのは、きみが初めてだ」

「お気持ちはとてもうれしいです。でもそれは自然の摂理《せつり》に反しているから……ぼくにはどうしていいかがわからないのです」

自然の摂理……。もちろんそれもある。けれど同時にそうした以上に心に引っかかることがあるのだ。

もしこの怪我が治ってしまったら、自分は大きなことを望む気がする。だから彼の申し出を受け入れられないのだ。

異母弟に代わって自分が宗家《そうけ》になりたいと思ってしまわないか、大きな野心を持ってしまわないか、そんな自分の心の鬼が怖いのだ。

これまで自分が歩んできた道、培《つちか》ってきたもの、耐えてきたこと、それによってうまくいっていたものが、すべて変わってしまいそうな気がして、目の前が真っ暗になった。

勇気がないのだ。宗家になる重みを背負う覚悟を持ったこともない。影に徹《てっ》しろ——とずっと言われて育ったのだから。

(ぼくは影に。宗家も主役も勇舞《ゆうま》に。父はいつもそう言っていた)

ふっとこれまで考えたことのない勇舞の抱えているものの重さを初めて意識した。

『お怪我さまはいいよな。気楽で』

勇舞の口癖。彼が羽を伸ばして遊んでいるのも、パリで放蕩者《ほうとうもの》のようになっているのも、もしかすると、今、ここでしか許されない自由を味わっているのかもしれない。

勇舞と違って自分は何の責任もない。皮肉にも足を怪我したがゆえに。それと引き換えに自由を手に入れていた気がする。夜、遊園地で遊んでも誰からも咎《とが》められない。

「……やはりきみは他の人間とは違うようだな。怪我を治せるのに」

「すみません」

「いや、だから猫が気に入ったのかと改めて納得した。猫が自《みずか》ら連れてきたのはきみが初めてだ。きみに風船をとらせるつもりで」

「風船？」

では、猫は佳依を伯爵の伴侶《はんりょ》にしたいと思っているのか。

「これまで風船をとったひとはいないんですよね？」

「ああ。何人か私の伴侶になりたいと言って自分の望みを叶えようとした。永遠にここにいる代わりに、王にしてほしいと言ったもの。代わりに、巨万《きょまん》の富を欲しいといったもの。愛する女性と結婚させてほしいと頼んだものも──」

これまで風船を手にしようとした人は何人もいたのか。ではなぜその人たちはここで伯爵のパートナーとして暮らしていないのか。

「誰もが欲しいものを手に入れると私を裏切る。結局、誰も風船を手に取らない。自分の望むものを手に入れると、風船を手に取るという約束を忘れてしまうのだ。誰一人私を愛することはない」

彼の言葉が胸にずしっとのしかかってきた。

「願いがあるときは、魂をかけても叶えたいと望むくせに、目的を果たし、幸せを実感すると私の伴侶になることを拒む」

そうだろうと思う。幸せなのに、わざわざ死神の伴侶になろうなどと考えるものはいないはずだ。

「そうすると、彼らには風船が見えなくなる」

「見えなくなったら？」

「……」

伯爵はそれ以上は言わなかった。見えなくなったあとどうなるのか。

普通の死者となるのだろうか。


「――佳依、このところ遊びすぎじゃないか。お怪我さまだからって気がゆるみすぎだ」

その日、夜、移動遊園地で過ごし、夜半、ホテルに戻ると、勇舞が不機嫌な顔で待っていた。

「仕事はサボってないです」

「それはわかっている。だがそれだけがおまえの仕事じゃないはずだ。毎晩毎晩、どうして帰りがこんなに遅いんだ」

「……それは」

「明日からは日が暮れる前に帰って来い。通訳をしてもらいたいこともあるんだ。なのに肝心《かんじん》のときにおまえがいないのでは困る」

日が暮れる前？　そうなったら夜の遊園地には行けない。伯爵に会うことができない。

「何でそんな顔をする。それくらいしかおまえにできる仕事はないだろう。若宗家の影として生きるしかないんだ。命令に従えないなら、すぐにでも帰国してもらう。いいな」

冷たく言い捨てると、勇舞は佳依のホテルから出て行った。

すぐに帰国……。異母弟に従うか、それとも帰国するか。

そろそろ潮時《しおどき》ということか。佳依は部屋に入り、窓の外に見えるエッフェル塔と観覧車のシルエットに視線を向けた。

星空の下、外からでは、夜、遊園地に人がいることも、あの観覧車が動いていることもわからない。普通の人間からは見えない異世界だ。

そこで美しい死神と楽しく過ごす時間は切なくてもとても素敵だ。でも永遠ではないことはわかっている。ここにいる間だけの束の間の時間。だからこそ、日々、恐ろしくなりつつあった。

これ以上一緒にいると、本気で彼のことを好きになってしまいそうな気がして怖いのだ。彼の正体を知っているからこそ、これから先のことを思うと胸がきりきりと痛んで目の前が真っ暗になる。

彼といる時間はとても甘い。とても優しい。あそこにいるときだけ自由でいられる。

仕事の帰りに、一、二時間、夜の遊園地によって彼と過ごす夢の時間。あそこにいると現実を忘れることができる。けれどこうしてホテルに戻ると、現実が待っている。

まさに「夢」だ。

そう、夢なのだ。たとえ遊園地に行ったとしても、彼が自分に触れることはできない。布越しではなく、一瞬でも、じかに彼の肌に触れると、あちらの住人になってしまうらしい。互いに触れ合うことができない。

でもこうして通っていると、彼に触れてみたいという気持ちが募《つの》ってくる。このままだと取り返しのつかないことになりそうな気がする。

彼の風船をつかみたいと願ってしまいそうで怖い。

だから彼に手紙を書いた。


しばらく仕事に専念するので夜の遊園地には行きません。あなたと過ごす時間はとても楽しいです。あなたのことが大好きです。初めてできたお友達です。

でもぼくにはここでやらなければいけないことがあります。ですからそれが落ち着くまでの間あなたには会いに行きません。

最後の公演の舞台が成功したら、夜の遊園地に遊びに行っていいですか?

そのとき、まだこれまで乗っていないメリーゴーランドに乗せてください。二人でメリーゴーランドに乗りたいです。


佳依はその手紙を折りたたんで、黒猫の首輪に結び付けた。

すると翌日、黒猫の首輪に彼からの返事が結び付けられていた。


わかった、最後の日に遊びに来てくれ。一緒にメリーゴーランドに乗ろう。

ほんの少しとはいえ、きみに遊園地を案内することができて楽しかった。生きている人間はあんな風に楽しむのだと、翌日の約束ができるのだと、そんな時間を体験しながらきみと過ごした。

ほんとに楽しかった。また会える日を楽しみにしている。

もしよかったら時々猫に近況報告の手紙などを持たせて欲しい。私もきみに手紙を書こう。


彼からの返事が嬉しかった。

一緒に過ごす時間も楽しいけれど、本当に友達と文通しているようで、少しずつ友情をはぐくんでいるようで胸がはずんでくる。

今日はどんな近況を彼に報告しよう、どんなことを書こう、彼には嘘を書いてもバレてしまうので真実だけしか書けない。だから自分が過ごす時間の、一日一日、一秒一秒をきちんと過ごさなければ。そうでないと彼に手紙で近況を伝える資格がない気がして、佳依はこれまでよりも自分にできる精一杯のことをして過ごそうと決めた。

昼間は稽古場で若い座員たちの稽古を見て、小道具や装束《しょうぞく》の手入れをする。夜は勇舞の通訳の仕事をして、日本の伝統芸能の普及に励《はげ》む。

その時間の尊《とうと》さ、その時間の大切さを改めて噛み締められるのは、彼に手紙を書くようになったからだ。

伯爵とは一緒に過ごすことはできないけれど、こうしてその「存在」によって「生」を充実させられていることに、佳依は日々喜びを感じるようになっていた。

そのせいか、勇舞からどれだけ無理難題を突きつけられても笑顔で引き受けるようになった。

「佳依……変わったな」

その日は、勇舞とフランス貴族の邸宅での晩餐会《ばんさんかい》に行くことになったのだが、最近、いつでも笑顔でいる佳依を彼は不思議に感じているようだった。

「前はおれといると泣きそうな顔をしていたのに、今はずっと笑顔で……なにを企《たくら》んでいるんだ？」

馬車の中、勇舞が不可解そうに問いかけてきた。

「なにも。ただ精一杯生きようと思っているだけです。自分にできることをしようと」

「なに……それ。気味が悪い」

勇舞は忌々《いまいま》しそうに舌打ちし、会場に到着すると、佳依を残して早々にどこかに姿を消してしまった。

広々とした広間に少しずつ客が集まり始め、室内楽が流れるなか、招待客たちが立食で簡単な食事とワインを楽しんでいる。

今日はこのあと、短いオペレッタのコンサートがあり、終了後に日本大使を交えて、主催者との大事な会食がある。それなのに、勇舞は一体どこに行ってしまったのだろう。

必死で異母弟を探していると、そこにいた別の流派の能楽師が教えてくれた。

「保月《ほうづき》さんところの若宗家《わかそうけ》でしたら、さっき、フランスの女優さんと地下に向かわれていましたよ」

女優………？

彼はどうもフランスの女性に人気があるらしく、いつも美しい女性に囲まれている。

フランス語も英語も片言しかできないのに、恋愛には関係がないらしい。いや、いつのまにかそのあたりの語学に関しては、佳依よりも上達したように感じなくもない。馬車という単語も食材を示す単語も知らないのに、情熱的な愛の言葉だけは堪能《たんのう》なのだ。

(早く呼びに行かないと。日本大使を待たせるわけにいかないのに)

佳依は地下方面に彼を探しに向かった。

地下は、奥にワインセラーがあるらしい。その手前に古い家具が置かれた部屋があり、そこを借りて情事を楽しむものも多いと使用人たちから話を聞いた。

もし勇舞が女優とそこで行為に走っていたら無粋《ぶすい》なことをして、また怒りを買ってしまうかもしれないが、背に腹は代えられない。

「若宗家、いらっしゃいますか」

地下にある部屋を一つ一つ探してみる。

誰もいない。真っ暗だ。

しかしさっきまでこのあたりに人がいたのだろう。廊下はまだあたたかいし、うっすらと葉巻のにおいもする。

「あ……」

まわりを見れば、さらに地下へとつづく螺旋《らせん》階段の前に衣類が積みあげられている。乱雑に置かれているような印象だった。

(勇舞を見つけたら、ここ、掃除した方がいいかもしれない。葉巻の火もちゃんと消えているか確認して)

そんなことを考えていたそのときだった。どこかから焦《こ》げ臭いにおいが漂ってきていることに気づき、佳依はあたりを見まわした。

「……っ」

ワインセラーの前にある洗濯用衣類やシーツが燃えている。葉巻の火が燃え移ったのか。

「────っ！」

近くにオイルランプが並んでいる。火が移ったら大変だ。

「若宗家、いますか。火事です、地下は危険です」

思い切って佳依は大きな声で叫んだ。するとワインセラーから半裸の若宗家と乱れた服装の女優が出てきた。

「火事だって⁉」

「早くっ、危険です」

そうしているうちにオイルランプに引火《いんか》したらしく、爆発するような衝撃とともに廊下の天井に向かって勢いよく火が燃えあがり始めた。

「若宗家、こちらへ。そちらからは逃げられません」

「だが、火が……」

女優がきゃーと叫んでいるが、若宗家はゴホゴホと咳《せ》き込んでいる。

通路の脇に人気《ひとけ》のない洗濯用の水場があった。佳依はあわててそこにあった手桶《ておけ》の水を火にかけた。

駄目だ。火が消えてくれない。さらに衣類にも移り、火の勢いが増していく。

朦々《もうもう》とした煙がたちこめ、赤々とした炎が天井を突き破るような勢いで燃えさかっている。

「……っ」

このままだと若宗家と女優が大変なことになる。

(そうだ、この手押し車を)

佳依は近くにあった木製の手押し車を立てて、手で押さえ、火を遮《さえぎ》ろうと空間を作った。

「今のうちにぼくの後ろから逃げて。その女優さんと一緒に」

手押し車をつかんでいる手が熱い。煙を吸ってしまったのか意識が遠のきそうだ。それでも勇舞を助けなければという気持ちが勝《まさ》っていた。煙が充満して視界がままならない。ゴホゴホと咳《せき》が止まらない。

「火事だっ」

誰かが階段の上から叫んでいるのが聞こえる。

「早く水を。水を用意しろっ」

「火を消さなければ」

そんな声が聞こえてくる。

勇舞と女優は煙を吸いこみながらも、手探りで壁をつたって佳依の後ろから火のないところへと移動していった。

よかった。これで大丈夫だ。安心したとたん、力が抜け、つかんでいた手押し車を離してしまう。

そのままそこに火が移り、後ろに逃げようとしたものの、膝に負担がかかって佳依は倒れこんでしまった。その上に火のついた手押し車がのしかかってくる。

「う……っ！」

振り払えない。煙を吸ったせいか、息が出来ず、胸が苦しい。だめだ。力が入らない。

「うっ……」

必死に手押し車を押しあげようとするが、ビクともしない。

やがて、爆音とともに目の前の階段が崩れ落ちてきた。

――――っ‼

咄嗟に避けたが、佳依は手押し車ごと崩れてきた階段の瓦礫《がれき》によって火災現場に閉じこめられてしまった。

視界が揺らぎ、意識が遠ざかっていく。もうだめだ。

そう思ったとき、佳依ははっとした。そうだ、このまま命を落としたとしても、あの人に会える。地獄と天国の門を潜《くぐ》る前の夜、あの遊園地で遊ぶことができるのだ。

あそこに行けるのなら、いい、このままここで消えたとしても。

会いたい、伯爵。会いたいです。そう強く願ったそのとき。

「佳依……」

伯爵の声がうっすらと聞こえてきた。

迎えにきてくれたのですか?

火の粉が舞い、白煙《はくえん》がたちこめ、激しく燃えさかる焔のむこうに伯爵の姿があった。

「……っ」

伯爵……会いたかったです。思わず熱い涙が瞳から流れ、佳依は手を伸ばしていた。

次の瞬間、天井が崩れ、視界が闇に包まれ、佳依の意識はそこでとぎれた。


「…………っ」

甘く切ない音楽が聞こえてくる。

これはメリーゴーランドに流れる音楽だ。三拍子《さんびょうし》のワルツ。

金色の王冠や宝石で飾られた白い宮殿のようなメリーゴーランドが夜の闇の中で煌《きら》めいている。

くるくる、くるくる。

その前に風船を持って立っている伯爵の姿があった。

「それ……ぼくにください」

伯爵に手を伸ばし、風船をつかもうとして佳依はハッとした。

黒い手袋をしていない。ああ、なんてきれいな手の甲、それに細くて長い指なんだろう。上品で、美しい指先。彼に触れることができるというのは、もう自分はこの世の人間ではないからだ。自分はあの火事で死んだのだと悟《さと》った。

「これをつかんでくれるのか?」

問いかけられ、佳依は笑顔でうなずいた。

「はい」

その手をつかんだ瞬間、パーっと彼の手から風船が放たれる。

次々と舞いあがり、花のように、鳥のように旋回《せんかい》しながら夜の空へと消えていく。

気がつけば、佳依の周囲には誰もいなかった。


「あ……っ」

目を開けると彼の姿はなかった。

メリーゴーランドもない。

夢だったのか?

佳依は夜の公園のような場所の茂みで倒れていた。

ここはどこなのだろう。

甘い花の香りがする。薔薇園《ばらえん》がある。それに瑞々《みずみず》しい木々の大気が自分を包んでいる。カサカサと風に揺れるマロニエの葉。ホーホーというのはフクロウの鳴き声だ。

佳依は身体を起こし、あたりを見まわした。

あの火事も夢だったのか。

「伯……っ」

声がうまく出ない。喉が痛い。なにかが詰まったような気持ちの悪い鋭い痛みに顔が歪む。

煙を吸ったせいだ。では火事は現実だったのだ。

けれど周りに火の気《け》はない。ただ指や手首に火傷《やけど》があり、前髪の毛先や着物の袖口も焦《こ》げている。

地下の通路で、階段と手押し車の下敷きになって閉じ込められたはずだ。

勇舞はどうなったのか。

一緒にいた女優は?

迎えに来てくれたように見えた伯爵の姿は何だったのか。

訳が分からないまま立ち上がろうとしたそのとき、黒猫が近づいてきた。

「あ……」

猫、彼の猫だ。ちいさくてかわいい猫が歩み寄ってきて、みゃおんと泣いて佳依の胸に飛びこんでくる。

するとその向こうに伯爵の姿が見えた。

「これに着替えなさい」

渡されたのはいつも身に着けている黒い着物と袴《はかま》だった。

どうして彼がこんなものを持っているのかという疑問は、不思議な存在である彼に問いかけるには愚問《ぐもん》でしかないだろう。

「ぼくは死んでないのですか」

煙を吸っていて苦しかったはずなのに猫を抱いた後からは急に体が楽になり、喉の痛みも肺の苦しさもなくなっていた。

「……」

彼は何も言わない。どうして何も言わないのだろう。

「異母弟《おとうと》と一緒にいた女性はどうなりましたか」

勇舞が無事なのかどうか、というのもあるが、彼が一緒にいた女性の安否《あんぴ》も気になっていた。

「それなら見せてやろう」

彼が佳依の手を摑む。やはり黒い手袋をしている。

本当の指を摑んだ気がしていたけれど、それは夢の中の出来事だったのだろうか。

「さあ、こっちへ」

どこをどう抜けてそこにたどり着いたのかわからないけれど、彼の手をつかんでいると、自分も彼もそして胸に抱きしめている猫も、一瞬で白い病室の中に移動していた。

ここは？

あたりを確かめようとしたそのとき、目の前の光景を見て、心臓が飛び出そうなほどびっくりした。

パイプ製のベッドに目を瞑《つむ》って横たわっている自分と、その横に座っている勇舞の後ろ姿、それに看護師二人と医師――。

「どうして……あそこに」

「……きみの本体はあそこで眠っている。今、ここにいるのはきみの魂だけだ。だからあそこにいるきみの異母弟《おとうと》からも、看護師や医師からもきみの姿や気配はわからない。もちろん今の私の姿も猫の姿も彼らからは見えない」

「では……ぼくは死んでいないのですね」

「きみは煙を吸って仮死状態で病院に運ばれたが、まだ死んではいない」

「いずれ死ぬのですか」

問いかけると、彼はいつになくまっすぐな眼差しで佳依を見つめた。

吸い込まれそうな、宝石のような美しいエメラルドグリーンの瞳。

じっと見つめ返しているとこちらの気持ちを見透かしたのか、問いには答えず、彼の方から尋ねてきた。

「……死にたいのか」

静かな、何の感情も感じられないフランス語だ。死のうと思ったことは一度もない。けれど。

「あなたと一緒なら……ですが」

佳依はずっと彼の瞳を見つめた。

こうして近くで見ると感情というものが伝わってこない。ショーウインドーにいるフランス人形のように彼の目は無機質だ。

優しいけれど、怖い。怖いけれど、惹かれる、惹かれるけれど、踏み込むのが怖い。

そう思ったとき、異母弟の肩が震えていることに気づいた。

「う……異母兄《にい》さん……どうして」

嗚咽《おえつ》混じりに勇舞が自分にすがりついている。ベッドに横たわり点滴を受けている自分に異母弟が涙を流しているのだ。演技でも何でもなく本気で泣いている。喜びではなく悲しそうに。

「異母兄は…助かるのでしょうか」

勇舞が悲痛な声で医師に問いかけている。それと同時に彼の心の叫びのようなものがうっすらと耳に飛び込んできた。

——死ぬな。死ぬなんて許さない。おまえはおれの影だろう、影ならずっとそばにいないと。死んだりしたら許さない。

それは佳依のことが嫌いだからか。それとももっと複雑な感情を彼が自分に対して抱いているのか。

その言葉からは読みとれない。

「ひどいよ、おれを助けたりして。どうしてこんなことになったんだ、おまえが死んだら意味がないんだよ、おまえが死んだら……おれが宗家になる意味もないんだよ」

異母弟の予想外の言葉に驚いて佳依は目を見張った。

彼からこちらは見えない。彼はこちらが何を思っているかもわからない。ただ仮死状態で眠っていると思っているだけだ。

その涙の意味は？

どうして自分のために涙を流しているのか。どうして死ぬなと言っているのかその理由が知りたい。

「……っ」

佳依が強くそう思ったとき、ぎゅっと伯爵が手を握りしめてきた。見上げると、彼がじっとこちらを見ていた。

「あちらに戻りたいのか？」

「……」

「私のそばではなく、あいつのところに」

子供のころから憧《あこが》れていた遊園地。そこで一人ぼっちで生きているこの人。彼ともっと一緒にいたい。彼のそばにいたい。

けれど勇舞の本心も知りたい。

大嫌いな異母兄の佳依がいなくなって、彼が喜んでいるのなら安心してこの人の手の風船をとっただろう。だけど勇舞が泣いている。このままでは逝《い》けない。

そんな相反する佳依の感情の揺れは、死神である彼に伝わっていないわけはない。

あなたは……もしかすると、ぼくさえ気づいていないぼくの本心に気づいているのではないですか。

佳依は心の中でそう問いかけた。

こちらの感情が届いたのか、伯爵は静かに視線をずらした。

「そうだな、今はまだきみに風船を渡すことができないな」

少し残念そうに伯爵が言う。

「きみも気付いているが、風船を渡すことができないのは、きみの心があの異母弟に囚《とら》われているからだ」

「……」

佳依はもう一度異母弟を見つめた。

いつの間にか伯爵と自分の病室での位置が変わっていた。

小さな個室の窓際に佇《たたず》み、ちょうど自分のベッドにすがりついて泣いている異母弟を真正面から見ることができた。

「あいつをかばって死のうとした」

少し不満そうな言葉に戸惑いがちに佳依はうなずいた。

「ええ」

「家業を守りたかったからか？」

「はい」

迷うこともなくそう答えたとき、それまで人形のようだった彼の瞳が少し感情の色を宿したように思えた。

決して良い感情ではなく、苛立《いらだ》ち？　あるいは怒りのような、いや、そういったものとも違うような……。

どう言葉にしていいかわからないけれど、何かしら決して良くはない感情、負の感情に似たもの。

それを彼から感じて佳依は言葉を詰まらせた。

「ですが……」

「私の風船をとってしまったら、きみはそんなにも愛している大切なものを、捨てることになるんだぞ」

愛しているもの？

それは家業だ。異母弟ではない。彼を庇《かば》ったのは、彼が宗家の後継者だからだ。人間として愛しているわけではない。むしろ。

「異母弟を憎んでいたのではないのか」

わからない。ぼくは異母弟を憎んでいたのか。

確かに異母弟からの理不尽な、八つ当たりにも似た、いじめにも似た行動を決して許しているわけではない。異母兄だからこそ、身内だからこそ鬱屈《うっくつ》したものをぶつけられてもいいと思ってはいた。

けれどああいう言動を彼がもしも分家や弟子や入門してきた人たちにしていたとしたら、どんなことがあっても止めた。

宗家の看板を傷つけてしまうことになる。

と思ったとき、佳依は他のメンバーたちが自分たち異母兄弟を見ていた眼差しを思い出した。

勇舞は平気で人前で異母兄である自分を罵倒《ばとう》していた。殴っていた。ものをぶつけていた。

例えば扇《おうぎ》。道具を大事にしていなかった。

甘んじて受け入れていたということは自分もそれを許していたように周りから見えていたのではないか――そう思ったとき、凄《すさ》まじい自己嫌悪を感じた。

ぼくは何ということをしてきたのか。言いなりになり逆らわないようにすることで異母弟の気持ちを抑《おさ》えていたつもりではいた。

一人で伝統芸能を受け継がなければならない重荷のようなものを背負っている彼に対してやはり負い目があったのかもしれない。

だが、今こうして客観的に振り返ると、決してそれは彼の為にはならないことに改めて気づいた。

自分のしてきたことが恥ずかしい。間違ったことは間違っているとはっきり伝えなければならなかったし、たとえ立場が下であったとしてもそうした相手に対して若宗家ともあろうものが平気で人前で暴力をふるい、弟子の前で道具をおろそかにすることに対して注意しなくてはならなかった。足が悪かったとしてもそれは関係のないことだ。注意すべき時は注意しなければならなかったのだ。

「この後悔の念が囚われているということなのですか？」

目で問いかけると、彼は佳依の手から手を離した。

「その答えは自分でさがすんだ」

彼がそう言った瞬間、病室にいたはずなのに、また元の公園のような場所に戻っていた。

4

上空には月と星が煌《きら》めいている。

公園を進んでいくと、遊園地が目の前にあった。

観覧車、メリーゴーランド、ゲーム、それから……。

「ラ・モール伯爵、ご招待ありがとうございます。おかげで孫と一緒に遊ぶことができます」

現れたのは、小さな男の子の手をとった初老の女性だった。

「朝の五時までです。楽しんでください」

「はい」

次に年輩の男性二人がやってくる。

「伯爵、親友と再会できたよ。子供のころ、二人で遊園地で遊ぶのが夢だったんだ」

みんな、楽しそうにしている。

「ここは、死者たちの魂が天国と地獄へ出発する前に、一晩だけ遊べる場所なのだが、必ず一人だけ相手を選んでいいのだ」

以前にそう説明された。くわしいことまでは聞いていないが。

「さっきの初老の女性は、孫と一緒だったが——あの孫は何年か前、まだ五歳の時に流行病《はやりやまい》で亡くなった。あの女性は、もう一度孫と会いたかった。孫はもう一度おばあちゃんと遊びたかった。だからここに戻ってくることができた。一日だけだ。たった一晩だけ、もう一度会いたかった相手と一緒に遊園地で遊ぶことができる」

そんなことができるなんて夢のようだ。もう一度会いたかった相手とすごしたいと、どれほど多くの人間が望んでいることか。

「でもあの孫は五年前に亡くなっているのですよね。天国か地獄かもうどちらかに行ってるのに戻って来られるんですか?」

「そうだ。だが、あの孫も死んだ夜ここで遊んだ。相手は彼が会いたかった相手。彼を産んでそのまま亡くなった母親。彼女と会いたかった。彼女は天国から自分の子供と遊ぶために一晩だけ戻ってきた」

彼が会いたかった母親。生まれてすぐに死んだということは、あの子供にとって母親は一度も会っていないに等しい存在だ。

「素敵ですね。亡くなったお母様もたとえ五歳とはいえ、我が子が大きくなった姿に会えるわけですから」

ここはこの世では果たせなかった切ない夢を果たす場所なのだ。

「あの子供はその時の楽しかったことを記憶している。ここで遊んだ記憶。それがあれば、彼に会いたいと思う相手と遊ぶことができる」

「ではぼくの母もここを通っていたとしたら」

母に会いたいと思ったら会えるのだろうか。そんな期待が胸に湧いたが、すぐに伯爵に否定された。

「きみの母親は無理だ、日本にある遊園地を通ってあちらに行ったので」

「えっ、移動遊園地は世界中を旅しているんじゃないんですか?」

絵本にはそう書いてあったのに。

「それは創作の世界でのことだ。作者が絵本執筆時に脚色《きゃくしょく》したのだ、私をさみしいと表現したように」

そうだったのか。確かに世界中を旅しているとあった方が魅惑的だが。

「じゃあ、ぼくが日本の遊園地に行けば、母と遊ぶこともできるのですね」

「そうだな。ただしここで私の風船をとってしまったら日本には二度と戻れないし、仮死状態で長い航海を経《へ》て日本に帰れば無理だと思う」

「では……ここでやっぱりぼくは……」

「きみ次第だと言っただろう」

「……」

ぼく次第……。つまりぼくが「生」への執着を断ち切ればという意味なのだろうか？

「悔《く》いがあると言っていたが、それは現世《げんせ》に戻って、自分が舞台に立つための悔いか？」

伯爵が問いかけてくる。

「違います、この足では舞台には立てません」

「治してやると言ったではないか」

「それではダメなんです」

「どうしてダメだというんだ」

「この世のものと違う力でこの足が治ったら、そのことにぼくはずっと負い目を感じる気がします」

「なぜ、負い目など」

「例えば……この足のままでも舞台ができるのであればそれは負い目ではありませんが、あなたに治してもらったら負い目になるのです」

キッパリと言い切ると、伯爵が小さく息をついた。

「頑固《がんこ》なやつだ。きみはとことん完璧主義な人間だな」

「卑怯《ひきょう》なことをしたくないだけです」

「私の力を卑怯だと思うのか」

「あなたの力は関係ないです。ただそうしたら異母弟《おとうと》に対して卑怯な気がするのです。公平ではない気が」

　すると伯爵は不可解そうに首を左右にふった。

「私にはわからない。まったくわからない。現世に生きている人間で、きみのような考えの持ち主はそう多くはないぞ」

「そうですね」

「本当はみんなそうなのか？　人間はきみのような考えなのか？」

「わかりません。私でさえも自分の気持ちがわからないのに、どうして他の人の考えていることがわかるのでしょうか」

「それは……そうだが」

　彼はふと考えこむような感じで言葉を止め、なぜかじっと食い入るようにこちらの顔を見てきた。

　このとき、気づいた。

　どうして彼の視線から目がそらせないのか。

　伯爵はまばたきをしないのだ。いや、してはいる。けれどしているようには感じない。

「わかった、まだきみの魂を留めておこう」

「伯爵……」

「万博《ばんぱく》の間は私もここにいる。もしその後それでも風船をつかみたいと思う気持ちがあればっかんでくれ」

「つかんだら、ぼくはあなたの世界の住人になるのですか」

「選ぶのは私ではない。風船だ」

「え……」

「もしきみが私のパートナーとしてふさわしい相手なら風船を手にすることができる」

「では、選ばれなければどうなるのですか」

「きみの魂は消えてしまう。あの世にもこの世にも行けない。天国にも地獄にも行けない。完全なる消滅だ」

完全なる消滅………！

「アンデルセンの童話を知っているか？」

「ええ、何冊か読んだことがあります」

「人魚の童話と同じだ。人魚は最後に泡になった。そして空気の中で消えてしまった。きみの魂はあんな風に空気になって消えてしまう」

伯爵は無表情のまま佳依《かい》を見た。

「私への愛がないとここで生きていけない。愛があれば、風船はきみを選ぶ」

「……」

「これまで誰も手に取ったものはいないが……多分そういうことなのだろう。それ以前に……」

伯爵はふとメリーゴーランドに視線を向けた。

「これまで……誰も手を伸ばしてこない」

たずねようと思っていたことを先に彼が答えてしまった。これまで誰か風船をつかもうとした人がいるのかどうか。彼が愛した人がいるのか、彼を愛した人がいるのか。以前、つかむと約束したのに、結局、つかまなかった人間の話は聞いたことがあるけれど。

「私を愛したことのある人間などいない」

猫を抱きしめ、伯爵は上空を見あげた。

「私は……誰からも求められたことはない」

儚《はかな》げな、今にも溶けそうな氷砂糖のような声で呟く彼の横顔も、ふっと半透明になって夜の闇に消えてしまいそうな気がした。

「そんな……そんなこと……どうして、どうして誰からもだなんて」

胸がきりきりと絞《しぼ》られたように痛くなり、佳依は彼の腕をつかんだ。すると半透明に見えた彼の姿がまたはっきりと目に映った。

「本当のことだ」

「わからないです。あなたは……こんなにも魅力的なのに。美しく、知的で、優しくて、真摯《しんし》で、思いやりがあって、あなたのように素敵な人は会ったことがないのに。それなのにどうしてあなたを愛した人がいないのですか？」

薄々、その答えがわかっていながらも、佳依はそんなふうに問いかけていた。

「確かに……きみの言う通りだ。私はどこに行っても美しいと言われる。優しいと喜ばれる。頭も良く、最高に素晴らしいと称《たた》えられることも多い。だが……誰からも愛されたことがないし、ずっと一緒にいたいと望まれたこともない」

淡々と、何の感情もない言葉で説明される。

「ただここを通り過ぎていく人間を見守るだけ」

理由はよくわからないけれど、昼間、彼の姿は万博にいる人たちには見えるらしい。

時々、自分が死者であることを自覚できず、迷子になっている者や現世への執着や愛憎《あいぞう》でその場から離れられなくなった者の魂を探しにいくことがあるようだ。あるいは、今まさに死ぬ人間を迎えに。

その姿は、ある一定の人間には見えてしまうらしい。

（そうだ。確かにぼくにも見えた。勇舞《ゆうま》の代理で舞台に立っていたとき……）

けれど今、本体が仮死状態になっている佳依は、夜、魂だけになって移動遊園地にくることしかできない。

「これまでもぼくみたいに……魂だけになった人はいるのですか」

「さぁ……いた時もあるしいない時もある。あまりよく覚えていない」

いることにはいたのだろう。けれど、きっとそんな存在に興味を持つことなどなかったに違いない。

そんな気がした。あまりにも長い時間、あまりにもたくさんの人間の死をみてきた彼にとって、人間の魂など、砂漠の砂にも等しい数なのだろうから。

「我々にとって……魂というのはたった一つのとても大切なものですけど、あなたにはそうではないんでしょうね」

「そんなことはない、大切なものだと知っている」

「いつからこの遊園地はあるのですか？　メリーゴーランドや観覧車もずっと昔からあったのですか」

「きみは質問が好きだな」

伯爵はちょっと呆れたように笑った。

「すみません、でも知りたいのです、あなたのことを、もっと」

素直に告げると、伯爵は微笑し、佳依の腕に黒猫をあずけ、その頭を指の関節でくいくいと突いた。

「昔はこんな感じのものはなかった。各時代ごとにそれぞれの人間が最も素直になれる場所、子供に帰れる場所……それがあればよかった。だが昔のことはあまり覚えてはいない。今だけで精一杯だ」

そうか。確かに過去から現在までのすべての人間のことを把握《はあく》していたら大変だ。

「あまりにも多忙すぎて……ここに来る人間の内側まで考えたことはなかった。だから……教えてくれないか」

「え……」

「仮死状態から生還したければさせてやる。そのまま天国に行きたければ行かせてやる。それをきみが決断するまで、私のそばにいて、願いを叶えてほしい」

「あなたの願い？」

伯爵はこくりとうなずいた。

「人間の心というものを知りたい。教えて欲しい」

心だなんて……。

「……そんなこと……どうやって」

「知りたいんだ、例えばきみたちがよく口にする愛というこの世で最も崇高《すうこう》なるもの、それから恋というもの、喜び、哀しみ、憎しみ……そういったものに涙を流してみたい」

祈るように言われたものの、佳依は猫を抱いたままあとずさった。

「難しすぎます。あなたに人間の心を教えるなんて。あなたの方がもっとよく知っているはずです。ぼくの何倍も、いえ、何十倍、違う、何百倍、何千倍と生きているじゃないですか。それなのにそんな人にどうやって」

するとと伯爵は何とも言えないやるせなさそうな顔をして静かに首を左右に振った。

「わからないのだ、まったくわからない。だから知りたい。これまで知ろうとも思わなかった。知る必要がないような気がした。いや、そんな気持ちさえ芽生《めば》えなかった。ただの物体……それとも、物質とでもいうのか、感情のない機械人形のようなものだったのだ、私は」

物体だの物質だの、彼が自分自身を形容する喩《たと》えにふと胸が痛くなった。人間の感情を知らないからそんな喩え方をするのだ、彼は。

「難解に考えなくていい。ただ説明してくれればいいのだ。さっきのように」

説明しただろうかそんなこと。

きょとんとした佳依に、伯爵は念押しするように言った。

「あの子供と母親のことを素敵だと説明してくれたではないか。素晴らしいことだと口にしたではないか。それと同じことを教えてくれればいいだけのことだ」

そんなことでいいのだろうか。そんな簡単なことで。

「きみと話をするようになってから気が変わった。少し関わってみたい、知ってみたいと思うようになった。つまり物質に感情が宿ったのだ」

また物質だと自分を形容している。だが、それが最もわかりやすい表現かもしれない。

「ここにやってくる人たちの気持ちをもう少し深く理解したい。そうすれば何かが変わるわけではないが、そうしてみたいと思ったのだ」

「それは……大事なことかもしれませんね」

「だろう？　きみが私がカモにされていると言った店で、あのあと、きみが食べたチョコレートケーキを食べてみた。初めて食べたのだが、ものすごく気に入った。そして、きみがあれをおいしいと言った意味を理解した。それから私は毎日カモになっている」

そのとき、これまで人形のようだった彼の目がきらきらと輝いていることに気づき、胸が弾《はず》む。

失礼かもしれないが、だんだんこの人のことを可愛く感じるようになってきた。

言っていることの意味を考えると、子供か赤ん坊のようだ。物質がやっと感情を宿した、そしてチョコレートケーキを気に入って毎日食べている。それによって感情が芽生《めば》えたと言っているのであれば、その時点でこの人が人間として誕生したかのような錯覚すら覚えてしまう。

「でも……それがどうして」

言いかけて佳依は口をつぐんだ。どうしてぼくなのか、どうしてぼくに会って感情のようなものを宿すようになったのか――訊きたい。はっきりとその答えが知りたい。

だけど肝心のことを訊けなかった。怖かったのだ。

きみが好ましいから。きみは特別だから……。

そんな都合のいい答えを求めてしまう自分が怖い。もしそんな答えが返ってきたら、彼への気持ちが戻れないところまでいってしまいそうな気がして……。

「どうした……どうしての続きは？」

「それは……あの……、どうしてぼくに会って感情を宿したのか……それが……知りたくて」

「どうして……と言われても」

キラキラときらめくメリーゴーランドの光を浴びながら、伯爵は憮然とした表情で佳依を凝《ぎょう》視《し》した。

しばらくじっと彼が見つめてくる。くるくる、くるくる、彼の後ろでメリーゴーランドがまわっている。その向こうで、アコーディオンを持った道化師《どうけし》が物悲しくも甘い三拍子の音楽を奏でている。

子供たちの楽しそうにはしゃぐ声。大人たちも一緒にはしゃいでいる。

けれど彼は佳依を見つめるだけで、なにも答えようとはせず、しばらくすると背をむけた。

「なぜきみがそんな質問をするのか……私には理解不能だ。きみと話をするようになって変わったという事実があればいい。それ以上の理由が必要なのか」

理解不能……か。佳依は心のなかで苦笑した。もっと熱いものを期待していた自分が恥ずかしくて。

「……え、ええ、そうですけど」

「それとも人間はそこに意味が必要なのか？　意味があればなにか変わることでもあるのか？」

そんなに理詰めで問われたら返事のしようがない。

「すみません……変な質問をして」

「いや、わからない私が問題なのだろう。それでも……」

伯爵は息をついた。

「わからない。なぜきみなのか。でも猫が選んだことにまちがいはない。細かなことは気にせず、まずは……そうだな、チョコレートケーキを食べに行こう」

5

それから夜になるたび、遊園地にいく日々が始まった。

昼間、病室の中でただ横たわっているだけ。意識はあるものの話すことも動くこともできない。それでも目と耳は機能している。

こうして入院しているとわかることがある。

身内なので病室には異母弟だけが入れる。こちらの意識がないと思っているせいか、異母弟は本音を口にする。

「異母兄《にい》さん、本当はいつもあなたがうらやましかった」

涙声で切なそうに彼が告げる。

「頭が良くて、美しくて、そして生まれも良い。宗家《そうけ》の跡取りとはいっても、おれは芸者上がりの女の息子として差別されていた」

差別？　確かに、使用人のなかには、彼を妾《めかけ》の子、芸者の子としてバカにしていたものもいた。けれどそういった使用人たちは、父が一掃《いっそう》したはずだ。そう思っていたが。

「母は差別からおれを守ろうとして余計に厳しくあなたにあたった。あなたが母から理不尽な扱いを受ければ受けるほどおれは救われた」

おまえではなく、あなた。その言葉になぜか胸が痛くなった。

「救われたのは、その時だけ自分の劣等感を感じずに済んだからだ。あなたが怪我をして踊れなくなったおかげで、おれに若宗家《わかそうけ》の地位が回ってきた。あなたが不幸であればあるほど、おれはのし上がっていくことができる。だから……あなたを貶《おとし》めることで、自分を保とうとしていたんだ」

懺悔《ざんげ》なのか、それとも謝罪なのか。どちらかわからない。聞いたところで、これまでの仕打ちのすべてを許す気にはなれないけれど。

——足の悪い出来そこないの長男なんて最低だな。能楽宗家のお荷物。お怪我さま。おまえはそういう存在なんだよ。

——年下のおれに顎《あご》でこき使われ、それでも頭を下げてヘラヘラしているおまえを見ると余計にいじめたくなってしまう。

――おまえには誇りというものがないのか。恥というものがないのか。恥を知っているならおれに頭を下げたりはしないはずだ。

彼から投げかけられた言葉の数々が脳裏《のうり》で鳴り響く。

水をかけられることは日常茶飯事だった。お茶がおいしくないときも、食事がまずいときも、茶碗をぶつけられた。

それから扇《おうぎ》を投げつけられることも、草履《ぞうり》で頭を叩かれたこともあった。真冬に着物を洗えと言われ、凍《こご》えながら洗ったこともあった。

懸命に洗濯をしたあと、家の中から鍵をかけられ、凍死してしまうのではないかと思ったこともあった。

悔しくて情けなくて惨《みじ》めで、死んでしまいたいと思うこともあったけれど、そんなときに見た父の舞台の美しさに前を向いて生きていかなければと勇気づけられた。

能楽は、いろんな人間の苦悩が描かれている。

壇ノ浦《だんのうら》に沈んだ平家《へいけ》一門の物語や、源氏物語の葵上《あおいのうえ》、愛するが故《ゆえ》に蛇《へび》になって相手を焼き殺してしまう道成寺《どうじょうじ》、丑《うし》の刻《こく》参りをする鉄輪《かなわ》の女性。大江山《おおえやま》の鬼、鵺《ぬえ》、土蜘蛛《つちぐも》、九尾《きゅうび》の狐《きつね》といったあやかしたち。

一方で「鷺《さぎ》」や「羽衣《はごろも》」のような、魂が浄化《じょうか》されるような美しい演目。

その後継者になれないことはとても残念ではあるけれど、そうした世界に関わっていける喜びは、異母弟や継母《ままはは》の嫌がらせよりもずっと自分にとっては大きなことに思えた。

（……だから彼からの八つ当たりも耐えられた）

でもそれは単なる自己満足で、本当の意味で宗派《しゅうは》のためにはならなかった。ということが、今こうして生死をさまよいながら生きている状態で客観的に見つめることができるからこそわかる。

きっと現在進行形であのまま過ごしていたら気づかなかった。

これまでのことを思うとやり切れない気持ちにはなるが、これからのことを考えると救われた。

「おれ……今さらだけど、異母兄《にい》さんの方が良かったと言われないよう本気で努力するよ」

勇舞《ゆうま》は佳依の手をぎゅっと握りしめたあと、静かに病室の外に出た。

彼が本気になった舞台？　本気になってくれたのか？

見たい。見てみたい。

そんな衝動が湧いてきたそのとき、伯爵が病室に現れた。

仮死状態の佳依に近づいてくる。彼が腕のなかの猫を佳依の枕元に置くと、ふっと身体が動いた。

「……」

正しくは、本物の身体は寝たままだが、夜なのでいつものように魂が外に出たのだ。

「迎えにきた。さあ、行こう」

「……きみの異母弟《おとうと》の告白、聞かせてもらった」

遊園地に着くと、伯爵は園内にある野外カフェに佳依を案内した。

観覧車の前の可愛いカフェ。円形の白いテーブルに白いベンチ。テーブルの真ん中には、薔《ば》薇《ら》の花が飾られている。

「英国の紅茶だ」

男性の給仕が運んできたカップからは、甘くて優しい紅茶の香りが立ちのぼっている。

観覧車の近くはメリーゴーランドとは違ってアコーディオンではなく、辻《つじ》音楽師二人組がヴァイオリンとピアノを奏《かな》でている。

綺麗で繊細《せんさい》なピアノと弦楽器の音色が夜の闇に溶けていく。

甘い英国紅茶の香りが心地いい。

月明かりを浴びてじっと観覧車に視線を向けている伯爵の横顔はいつもよりもずっと美しく見える。日毎《ごと》に彼が「物質」から「人間」らしくなっているように感じる。

「紅茶というのは、味だけではなく香りも楽しむものだったのか」

白いカップを手に、優雅に紅茶を口に含んでいる。でも瞳は子供のようにきらきらとしていて、かえってその無垢《むく》な雰囲気にドキドキしてしまう。

「香りなら、日本茶もそうですよ」

「日本には、茶を飲む作法のようなものもあると聞いている」

「はい、日本館でやっていますよ。日本の菓子も出ます。とても綺麗でおいしいです」

「チョコレートケーキとどちらがおいしい？」

また翠《みどり》の瞳が宝石のようにきらめいている。見ているだけで幸せな気持ちになって、なぜかほおのあたりが熱くなってくるのだ。魂だけでも、身体は本体と同じような反応を示すのだと初めて知った。

「それで……どっちがおいしいんだ？」

もう一度訊かれ、佳依はハッと我に返った。

「ええっと……どうでしょう。比べられないです。どちらもとても……ぼくはとても好きです。日本の和菓子もまた違った味わい深さがあって……気に入っていただけたらうれしいです」

「案内してもらいたいが……パビリオンが開いているのは昼間だったな」

「はい」

「昼、新月の前後ならきみが身体から出たとしても負担はない。日本のパビリオンを案内してくれ。洋装を身につければ、姿が見えるものがいてもバレはしないだろう」

新月の前後の理由はわからないけれど、それはとても嬉しい。

「では案内します。その代わり、お願いが」

「お願い？」

「勇舞の舞台が見たいんです」

佳依の言葉に伯爵は少し不機嫌そうに眉をひそめた。いつの間にか彼がそういう表情もできるようになった……という驚きもあるが、どうして不機嫌になるのかそちらの疑問のほうが勝《まさ》った。

「気になるのか、異母弟が」

「ええ、もちろんです。心を入れかえて舞台に本気になると言ってました。気になります」

「……」

伯爵は口をへの字にした。

「あの」

ものすごく機嫌が悪そうだ。

「ダメですか？」

向かいの席の彼を覗きこむように見つめると、ついと伯爵は佳依から視線を逸らした。

「わかった……次の舞台のときに……」

ボソボソと呟く彼の声は、一瞬、ヴァイオリンに消されてしまいそうだったけれど、許可をもらえたのが嬉しくて佳依は思わず微笑した。

「ありがとうございます」

佳依の腕の中にいる猫も嬉しそうに「ミャー」と鳴いている。

「……」

横目でこちらをチラリと見るとまた視線をずらし、伯爵は立ちあがって観覧車の方向を見たまま佳依に手を伸ばしてきた。

「え……」

「乗ろう」

それは観覧車に？　ということで正しいのだろうか。

「いやか？」

佳依はあわてて首を左右にふり、その手をとった。

「い……いいえ、乗ります」


「これでサティを」

辻音楽師に伯爵は紙幣《しへい》を渡して作曲家の名前を告げると、やってきた観覧車のドアを開けた。

「どうぞ」

グランド・ルー・ド・パリと呼ばれている高さ九十六メートルの大観覧車。まさかこれに乗る日がくるとは……。

「ありがとうございます」

猫を抱いたまま、観覧車に座る。

座席に着くと、いつの間に用意していたのか、彼はさっきテーブルにあった白い薔薇を一輪、佳依に差し出してきた。

「……人間らしくないなんて……言って、あなたは……自分で思っているよりもずっと人間らしい気がします」

「本当に？」

はにかんだように彼が小首をかたむけて微笑する。

「ええ」

うなずくと、さらに彼は笑みを深めた。それだけで犯罪だと思った。そんなに美しい顔で、無垢な子供みたいに素直さを全開にして微笑するなんて。

「……」

まっすぐ見ていると、そこから目が溶けてしまいそうだ。

甘く優しい音楽が流れるなか、ガタガタと軋《きし》みながら観覧車が上にあがっていく。その速度はとてもゆっくりだ。

「綺麗な音楽ですね」

「カフェで流行《はや》っているサティのジムノペディという曲だ。観覧車の速度に合っているだろう。好きか?」

「ええ、気持ちが和《なご》みます」

「よかった」

むかいに座って伯爵が口の端をあげて微笑する。

またあの澄んだ笑み。まぶしさを感じて佳依は窓の外に視線をずらした。心臓が早打ちしている。魂だけなのに、膝まで震えているのはどうしてだろう。

「あ……あなたにお礼を言わなければなりません」

ドキドキを抑《おさ》えようと、佳依は生真面目な話題を口にした。

「異母弟《おとうと》の本音を聞くことができて……救われました」

こんなことにならなければ一生知ることがなかった本音だ。

しかし彼はとても困ったような口調で問いかけてきた。

「私はきみを助けたことはない。それなのに救われたというのはどういう意味だ?」

「どういうって……」

「火事からきみを救出しただけだ。異母弟との関係について、きみを救うようなことをしてはいない。なのに、どうして礼を言われるのかわからない」

「あ……あの、救われたというのは具体的ななにか、事柄に対してではなく心のことです」

すると彼はまた口をへの字にした。暗いけれど月明かりでそれだけは見えた。いや、彼の金髪が眩《まぶ》しく、彼の肌があまりにも美しいので、暗くてもそれだけはきちんと見えるのだ。少し輪郭《りんかく》が曖昧な感じではあるけれど。

「説明してくれ。約束だ、救われたというのはどういう意味かわからない。考えれば、人間たちはよくそういうことを口にしている。とても曖昧な感じで。どういうことなのか教えて欲しい」

身をのりだすようにして顔を覗きこまれ、佳依は視線を落とした。

「そんな……わからないです……どう伝えるのが正しいか」

「正しくなくていい。きみがどんな気持ちになったかぼんやりとでもいいから口にしてくれ。そこから私が想像する」

あまりにも一途《いちず》に知りたがっている彼に、これ以上、できないと言うのは申し訳ない気がしてきた。

「あの……そうですね、それは……なんというか気持ちが少し軽くなるような感じというのか……それまで自分の心を縛《しば》りつけていたものや、こだわっていたものから解き放たれるような気持ちです。あなたと出会ったことで自分と向き合えたからです。だから感謝を……というのがわかりますか？」

伯爵は「わからない」と首をかしげた。

「想像すると言ったではないですか。それならちゃんと想像してください。わからないと最初から決めつけずに」

つい先生ぶってそう言うと、伯爵は捨てられた子犬のようにしゅんと肩を落とした。

「……わかった」

少ししょげている感じが何とも愛らしくて抱きつきたくなる……と心のなかの思いは言わないけれど、その素直さ――本当に無垢な子供のようだと実感した。

自分よりも何千年も長く生きている相手に対して失礼だけど、それでもどうしようもなくいじらしくて胸がきゅんきゅんしてくる。

「つまり……救われるというのは、ずっとこだわっていたものから……解放されることによって……あ、そうですね、簡単に言えば煉獄《れんごく》にいた人間が天国に行くようなものです」

そう説明しながら、うっすらと昔読んだダンテの「神曲《しんきょく》」のことを思い出した。

「煉獄……か」

佳依はカトリックではないし、プロテスタントでもない。キリスト教徒でない人間がその煉獄の意味を正しく理解しているかどうかはわからないけれど。それでもなんとなく彼には伝わったらしい。

「なるほど。現世《げんせ》の苦しみから解き放たれ、魂が天国に浄化《じょうか》されるというような感じなのか」

「そうですね、そんな感じかもしれません」

するとは彼はようやく納得したようにうなずいた。

「わかった、そういうことか。ではここのことか」

え……。

ここが煉獄？

でも煉獄というのは、天国にも行けず地獄にも堕《お》ちることのできない人間がたどり着く中間点で、苦行《くぎょう》と罰によってその罪を清められたあと天国に行く。

この遊園地は苦行も罰もなく、むしろ天国に近い場所のように感じるのに。

「よかった、少しだけ理解できた」

ふわっと微笑する彼を見ていると、それを問いかけることができない気がした。もっとその笑みを見ていたくて。

さらさらとした金髪のせいなのか。あるいは、肌にとても透明感があるせいなのか。

月明かりだけの暗い夜の空間にいると、彼のいる場所だけが驚くほど明るく輝いて見える。

あたりに響いているヴァイオリンとピアノの音楽も、ノートルダム大聖堂の光を反射して流れているセーヌ川の水流も、すべてが煌《きら》めいて感じられる。

伯爵をとりまいている空気のすべてが、みずみずしい透明感を漂わせている。朝の高原の空気のようだ。

それなのに、この世は彼にとって苦行だというのはどうしてだろう。

「あ……エッフェル塔と近い高さになるんですね」

観覧車が上空に上がっていく。

目の前にエッフェル塔があるような錯覚を覚える。

パリの夜景が海のように眼下《がんか》に広がっている。昼間見えるのはどんな世界なのかわからないけれど、今はまるで海のようだ。

パリに来るとき、長い長い間船に乗っていた。時々、夜、甲板《かんぱん》に出て月を宿した海原《うなばら》をじっと眺めていることがあった。

ザザ、ザザ……と船にぶつかる波の音と、ガタ、ガタ……と観覧車が動くたびに聞こえてくる軋《きし》んだ音とが重なって感じられ、パリという海を、今、伯爵と猫と一緒に小さな小舟で旅をしているようなそんな気持ちになってくる。

「……曲調が変わりましたね。とても心地良くて幸せな気持ちになるワルツ」

「ああ、今、カフェでよく流れている。曲名は……ジュ・トゥ・ヴ」

なぜか曲名だけ静かに、ためらいがちに囁かれ、それが彼の本音のように聞こえ、胸が困りそうなほど高鳴った。

ジュ・トゥ・ヴ　Je te veux
――きみが欲しい。

「それがあなたの本心なら……あ……いえ」

本心なら……どうなるというのか。嬉しいとでもいうのか。相手は人間ではなくて……死神なのに。

「本心だ」

彼の言葉に佳依は泣きそうな顔で目をみはった。

「――――っ！」

両目のふちがふるふるふるとわななき、唇が震えてしまう。

「きみを抱きしめたい。そしてキスをしてみたい」

そう言うと、彼は身を乗りだしてきた。ダメだ、どうしよう、呼吸が荒くなってくる。

「J'ai envie de t'embrasser. Je peux t'embrasser?」

そんなこと……どう返事をしていいか。キスとは接吻《せっぷん》。彼がくちづけしたがっていると思っただけで鼓動が激しく脈打つ。

「あの……」

じっと至近距離から彼がこちらを眺めてくる。ものすごく緊張してしまう。

接吻なんて誰ともしたことがない。他人とこんなふうに触れあうのは、明治の男子にはありえないことだ。舞台上では恋をしたり恋に破れたりしているけれど、そんな経験は一度もないのだから。

「à la folie……Je suis bien avec toi. Et toi?」

「そんな……」

ぼくはどうなのかと訊かれたら……どう答えていいのか。

異母弟は特に女性と睦《むつ》みあう行為を経験している。それぐらいできなければ舞台に立てないとよく豪語していた。

男性相手に不思議な気がしたが、この人となら接吻してみたいという気持ちに駆られる。

いや、それ以上のもっと深い結びつきも求めてしまいそうだ。もちろん口にしないけれど。

「ぼくは……その……ウイです」

うなずいていた。すると彼が手袋越しに佳依の顎《あご》をつかむ。

「目を閉じて」

「……はい」

「じっとして」

「はい」

「力を抜いて」

「……ええ」

緊張のあまり震えている佳依に彼が唇を近づけてくる。甘い薔薇の香りがした。

「……」

触れるか触れないかの接吻。心臓が飛び出してしまいそうなほどドキドキした。けれどそこ

から溶けていきたいような心地よさも感じた。

「ありがとう」

唇が離れると、ふたりの唇の間から薔薇の花びらがはらりと落ちていった。

「今、きみにキスをしたのはこの花びらだ」

佳依のひざに落ちた一枚をとり、彼はその花弁《かべん》を自分の胸ポケットに入れた。

花びら越しのキス？

ああ、そうか。触れると、あちらの住人になるから。この人は、佳依が死者の国の住人にならないようにと、絶対にじかに触れてはこない。

「キスのお礼がしたい。またあのチョコレートケーキを食べるか？　いや、もっといいものを。ダイヤモンドでもパナール・ルヴァソールでも古城でも……何でも言ってくれ」

パナール・ルヴァソールというのは自動車のことだ。今年新作が発表された。

「いえ……チョコレートケーキで十分ですけど……あなたもお好きだし。そうだ、それならあなたと一緒に食事がしたいです」

伯爵は不思議そうな顔をした。

「パリに来てからずっと一人で食事をしてました。日本にいたときもほとんどそうでした。だから誰かと食事をしてみたいです。できればサンドイッチがいいです」

「車でもいいと言っているのに……サンドイッチとは、変わっているな。それではこれからはずっと一緒に食事をしよう。私も誰かと食事をしたことがない。早速、今夜から」

そして彼が用意してくれたのは夜のピクニックだった。

6

この遊園地は一体どのくらいの広さだろう。異世界なのでもしかすると外から見ているときにこちらが認識しているよりもずっと大きな世界なのかもしれない。

月夜の下でピクニック。キスのお礼にと彼が用意してくれた。

さらさらと吹き抜ける風にマロニエの葉が揺れている。噴水、池、その前の芝生に座ってバスケットに入ったサンドイッチやケーキを広げる。マネやルソーの絵画にあるような雰囲気だ。違うのは今が夜だということだろう。

「これが一番パリっ子に愛されているバゲットのサンドイッチ——ジャンボン・ブールだ。半分にして食べよう」

表面がカリカリに焼けたバゲットに発酵無塩バターとハムを挟んだだけの素朴なサンドイッチ。つけそえに、レタスとトマトとチーズとオリーブのサラダ。伯爵はナイフでさくっとバゲットを切ると、おいしそうなハムが今にも飛び出しそうなバゲットサンドを佳依《かい》に手渡した。

「いただきます」

噛み締めたとたん、パンとバターの旨味《うまみ》がじゅわっと口のなかに広がったかと思うと、やわらかでありながらしっかりとした食感のハムの味がじんわりと染みてくる。噛めば噛むほどパンの生地のおいしさを感じて、泣きたくなる。素朴だからこそ素材のおいしさが際立つようだ。

「すごく……おいしいです」

「確かに……初めて食べるが、とてもいい味だ。パリっ子にとっては、日本人の梅おにぎりのようなものだと聞いているが」

「ああ、わかる気がします。梅おにぎりも、米と梅の果肉のおいしさが際立ちますから。食べたこと、ありますか？」

「まさか。ただ知識として知っているだけだ」

そういえば、彼は茶道《さどう》のことも知っていた。

世界中のあらゆることを知識として知っていても不思議はないけれど、日本のおいしいお茶も梅おにぎりもいつか口にして、チョコレートケーキやこのバゲットサンドのようにその味をじかに体験して欲しい。

「食べ物など、人間を動かす動力要素としか思っていなかったが……人々が好きなものにはそれなりの理由があるのだな」

感慨深げに呟き、伯爵は膝に載せた猫にフードを食べさせた。

「動力要素なんて……そんな味気ないことを」

「ああ、違った。動力要素ではなく、楽しみの一つ。だからみんな、ケーキやお菓子をあんなふうに幸せそうに食べているのだな」

目を細め、伯爵はメリーゴーランドの前で、楽しそうに栗のお菓子を食べている男女を見つめた。

小川のせせらぎ、ひんやりとした夜特有の冷たい空気。緑の木々の香りが肺腑《はいふ》へとしみこんできて心地がいい。そしてキラキラと輝くメリーゴーランドが切なくなるほど愛おしい。

「いつもどのくらいの人がここに来るのですか」

「戦争で死んだものは来ない。あまりにも人数が多すぎるから遊園地には入れないし、そもそもここに来られるのははっきりと自分が死んだということを認識している者だけだ」

「戦争で死んだひとはどこに?」

「さあ、私の与《あずか》り知らぬことだが、もう十数年もすれば、この地は大きな戦火に焼かれるだろう」

「え……」

「いや、何でもない」

彼がかぶりを振ったとき、見覚えのある人物が目の前を通っていった。

「あの人……知ってる」

異母弟が付きあっていた女優のそばにいた付き人の女性だった。若くて美しい男性と手をつないでメリーゴーランドに乗っていく。

「彼女は、あの女優の妹だ。今朝、病《やまい》で亡くなった。一緒にいる相手は、姉がつきあっていた男優だ。彼女はあの男優に憧れていた」

そして姉を心のどこかで妬《ねた》んでいた、自分がなれなかった舞台で女優として輝いている姉を
……と伯爵が付け加える。

「兄弟姉妹は……そんなものかもしれません。同じ道を進んでいる以上、そうなってしまうのかも」

ボソリと呟いた佳依の言葉に、伯爵は口をへの字にした。

「きみは、四六時中、異母弟《おとうと》のことを考えているようだな」

「え……」

「すぐに異母弟のことを」

とても不機嫌な言い方だ。そういえば弟の話をすると伯爵は決まって機嫌が悪くなる。

「どうしてそんなふうに言うんですか」

「どうして?」

逆に訊き返され、佳依は口ごもった。当然のように理由を端的《たんてき》に答えてくれると思ったからだ。

嫉妬……している、と。きっとそう答えてくれる、そう言って欲しいと愚かなほど期待してしまう一方で、彼はただの人間ではなく、死神だ、だからもっと別のなにかがあるのではないかと思う気持ちもある。

(そうだ……普通の人間ではないのだから)

淡い期待をしてしまいそうになる自分の気持ちを抑制《よくせい》するように佳依は、じっと自分を見つめている彼から視線をずらし、ぼそりと呟いた。

「勇舞の話をするたびにあなたは不機嫌になります。どうしてですか」

伯爵はバスケットに入っていた別のバゲットサンドのかけらをつまみ、佳依の口に押し込んできた。

「は……伯爵……あの……」

「どうしてと訊かれても困るが、きみが異母弟の話をすると無性にこういうことがしたくなる。自分でもよくわからない。これはどういう感情なのか説明してほしい」

「え……」

口を動かしてパンを飲みこむと、佳依は困惑した顔で伯爵を見つめた。

「あの……そう言われても意味が……もう少し具体的に言っていただかないと」

「だから言ってるだろう。きみが異母弟の話をするとこういうことがしたくなると。今はたまたまサンドイッチが目の前にあったが、なかったら、口の中に花びらを詰め込んでもいいし、その首を格闘技のように締め付けてやってもいいし、拳《こぶし》をグーにして背中にぐりぐりと押し込んでやりたい気持ちにもなる」

こんな伯爵は初めてだ。せっかちな感じで、苛立ちとも言えないような、なにかに怒っているという感じで、吐き捨てるように言った。

「きみが私に触れるとこちらの世の住人になってしまうので、そういう事はしない。代わりにサンドイッチを詰め込んだ。不思議だが、人間にこんな意地悪をしたいと思ったことは一度もない。別にきみをいじめたいわけではないのに。人間はどういう気持ちのときにこういう行動を取るのか教えて欲しい。自分でも不可解だ」

尊大《そんだい》な物言いだったが、その気持ちの奥にあるものがわかり、佳依は思わずうつむいた。胸がドキドキする。それに自然に口元がゆるんでしまう。

「なにがおかしい？　そんなふうに変な顔で笑ってしまうほど私の言っている事はおかしいことなのか」

「はい、とても」

うなずくと伯爵は困ったような顔をした。口をへの字にして憮然《ぶぜん》とした様子で腕を組み、少し小首をかしげ、何か考え込むような、奇妙な物を見るように上目遣いに佳依を見た。

「きみはこういう感情になったことがないのか」

「少し違いますけど……おそらく同じ感情を抱いている相手はいます」

「誰に？　異母弟にか？」

「いえ、彼にはよい人生を歩んで欲しいと望んでいますが、サンドイッチを詰め込みたいと思ったことありません。むしろあなたに対して……そんな感情を抱いています」

伯爵は眉間《みけん》に深々としわを刻《きざ》み、口をへの字にしたままじまじと佳依を凝視《ぎょうし》した。

「私にだと？　きみは私にサンドイッチを詰め込みたいのか」

「特にサンドイッチを詰め込みたいとは思いませんが、あなたがぼくにそうしたいと思った気持ちと同じものがぼくのここにも存在します」

佳依は自分の胸に手を当てた。

「ということは、この不可解で実によくわからないモヤモヤとした感情の正体を……きみは明確な言葉で表現できるのだな？」

「ええ、多分」

うなずくと、伯爵は佳依の肩をつかみ、命令口調で言った。

「なら、その言葉を言え。早く」

何とも言えない高飛車《たかびしゃ》な態度は、さすがに神と扱われているだけのことはあり、支配者階級特有の物言いだ。

そんな偉そうな態度で命令してくるくせに、こんなにも単純なこともわからず、まわりくどいやり方でその言葉を求めている。そうしたところに、佳依はやはりどうしようもないほどの愛らしさを感じてしまう。

何て愛おしいのだろう、と。

「あの、この感情の名前は……」

少しもったいぶってゆっくりと言ってみる。彼は佳依の肩をつかむ手に力を加えた。

「名前は？」

「恋です」

「――――恋……」

一瞬、目をぱちくりとさせ、なにか信じられないものでも見るようにこちらを見たあと、伯爵は佳依からパッと手を離した。

「なるほど、確かに書物に書かれていた通りだ。このよくわからない複雑な感情……。もやもやするかと思えば胸が痛くなる。腹が立っているはずなのにどうしようもなくキュンキュンする。この感情が恋というものならば、つまり私はきみに恋をしているのだな？」

佳依は恥ずかしくなってうつむいた。

「多分……キスをしたいと思う感情もそうです。ぼくを恋しく思ったからです」

上目遣いで見つめると、伯爵の目元が震えている。ほおのあたりが少し赤くなっているようにも感じる。

もしかして、本当に本当に本当に彼は今この瞬間まで恋というものを経験したことがなかったのか？

恋だけではない。誰かへの執着も、人間らしい感情も、彼は知らなかったのだから、恋が初めてでも仕方がないのだが。

「そう、これがそうか」

伯爵は思い切り幸せそうな笑みを浮かべた。こちらが戸惑うほど素直に、純粋な笑みを。

「何て素敵なんだ、今まで耳にしたことはたくさんあったが、これが恋という感情か。私は嬉しくて仕方ない。嬉しさは心が弾《はず》むということだ。つまり、いてもたってもいられなくなって踊ったりはしゃいだりすることだな？」

「え……ええ、はい」

「なら、私のこの感情はまさに恋だ。私はきみといることに嬉しさを感じている。踊りたいし、はしゃぎたいし、歌いたいし……きみを抱きしめてキスしたい。そんな気持ちを知ることができるなんて、実にすばらしい。私もついに経験できた」

子供のように無邪気な笑顔でそんなこと言われると、びっくりしてこちらが緊張してしまう。初めての体験を純粋に喜んでいる。その清らかな感情が愛おしくて胸が苦しくなってくる。

「ぼくもです。ぼくもあなたが好きです。とても」

少し照れながら、けれど彼のように素直になろうと思って佳依はほほえみながら言った。

「素晴らしい体験だ。恋をするだけでなく、恋をされるとは」

伯爵は猫を抱いたまま、再び佳依の肩に手をかけ自分に引き寄せてきた。肌と肌とで触れ合うことはできないけれど、こうして衣服をつけたまま、手袋をつけたままなら抱き合うこともできる。

佳依はそっと彼の背に手をまわした。布越しに伝わってくるぬくもりのようなもの。

これは猫の体温なのか、それとも彼の体温なのかわからない。けれど、少しずつ少しずつ自分たちの間に溜まっていく暖かい空気がどうしようもなく愛おしくて切ない。そしてどうしようもなく貴重に思えて泣きたくなる。

もう止めることができない。ぼくは本気でこの人を愛してしまったようだ。


「今日は夜の公演だ。新月ではないが、夜なら歩いても大丈夫だ。せっかくだから少し日本のパビリオンをのぞいてみよう」

数日後、伯爵は佳依をそっと日本館の公演に連れて行ってくれた。

今日は佳依のところの公演ではなく、京都を本拠地にした鳳城流《ほうじょうりゅう》の若宗家《わかそうけ》が蝋燭能《ろうそくのう》を行うことになっていた。会場に蝋燭をともし、その明かりで能楽を披露《ひろう》するのだ。

暗闇に広がる何とも言えないおごそかな空気感。絹の匂い。なつかしさがこみあげてくる。

「花のほかには松ばかり……」

舞台から聞こえてきたのは『道成寺《どうじょうじ》』の謡曲《ようきょく》だった。

「安珍《あんちん》・清姫《きよひめ》」の物語を元にしたこの演目。恋心が募《つの》り、蛇になった少女が愛する相手を焼き殺すという内容だ。

凄《すさ》まじい『道成寺』の舞台を見て伯爵は圧倒されたようだった。

「人というのはすごいな。恋ゆえに蛇になり、彼女から逃げようと鐘《かね》の中に隠れた愛する相手を愛憎《あいぞう》のままに焼き殺し、さらに何百年もその鐘に執着し続けるとは」

言われてみればその通りだ。能楽にはそうした激しい情念の愛欲地獄を描いた演目が多い。

深夜、嫉妬心から丑《うし》の刻参《こくまい》りにいく女性、物《も》の怪《け》になって恋する相手の正妻を呪い殺す六《ろく》条御息所《じょうのみやすどころ》、愛する女性を蔦葛《つたかずら》に閉じこめる藤原定家《ふじわらのさだいえ》の怨念《おんねん》……。

そうした情念が欧州《おうしゅう》の人間に伝わるのかが課題だったが、会場は大喝采《だいかっさい》だった。

勇舞の舞台は来週——ちょうど新月の翌日に、彼は『羽衣《はごろも》』を演じる。

ライバルにこんなにも素晴らしい舞台を見せられてどうするのだろう。心配になって客席をたしかめると、勇舞は不安そうな顔でじっと舞台を見ていた。

勇舞たち——生きている人間から佳依の姿は見えない。伯爵が手袋越しではあるが、佳依の手をつかんでいる間、二人の姿は周囲の誰からも見えないのだ。

勇舞はひどく憔悴《しょうすい》したような顔で「……できない」と呟き、会場をあとにした。そのまま彼は佳依が入院している病院へと向かった。

青ざめた顔の勇舞は近くで見るとずいぶん痩《や》せ、目元にはくま、ほおもこけていた。火事の前とは別人のようだ。

「異母兄《あに》と二人きりにしてほしい」

そう言って勇舞は病室に入って行った。そこには眠ったままの佳依がいる。点滴だけで命をつないでいるのだ。

どうして生きているのか、実は伯爵の不思議な力が加わっていることなど知らない勇舞は、佳依の点滴の管《くだ》をつかんだ。

「いけない、このままだと」

引きぬこうとしている様子に、ハッとした伯爵は、佳依に猫を抱かせた。そして。

「きみはなにをしているんだ」

伯爵は勇舞の前に姿を現した。猫を抱いているので佳依の姿は見えないままだが。

「佳依を殺す気か」

伯爵の口から出た流暢《りゅうちょう》な日本語に佳依は心底驚いた。日本語が話せるのか。そんなこと知らなかった。

「あんたには関係ない。誰かわからないが、出て行ってくれ。関係者じゃないのなら」

興奮している異母弟に、伯爵は予想外の言葉を口にした。

「関係者だ、私は佳依の恋人だから」

「え……恋人……」

異母弟は信じられないものでも見るように伯爵を見つめた。同じように、猫をかかえたまま、佳依も驚いた顔を伯爵に向けた。

「知らなかった、異母兄にフランス人の恋人が……」

「教えてくれ。きみは佳依を死なせたいのか？　この前は死ぬなと嘆《なげ》いていたのに」

「その前に教えて欲しい……この人は……おれを恨んでいたのか」

「いや」

「どうしてわかる」

勇舞は泣きそうな顔で問いかけた。

「彼はそういう感情を乗り越えていた。それよりもきみに芸の道をきわめて欲しいと願っていた」

「本当に？」

「ああ」

伯爵がうなずいたそのとき、看護師が病室に現れた。

「面会時間は過ぎていますよ。あ……あなたは……！」

看護師は伯爵の姿を見るなり、驚いたような顔で後ずさりしていく。

「誰か……迎えにきたのですか」

「大丈夫、今日は何の用もない」

「わかりました」

恐怖を顔にあらわにしたまま、看護師はすぐにその場を去っていく。

「あの……あなたは……え……」

勇舞が看護師の様子に驚いて問いかけようとしたとき、伯爵は彼の前から姿を消した。

「どうしたんだろう、さっきまでいたのに」

異母弟はわけがわからない様子で首をかしげながら、それでももう佳依の点滴を抜こうとはせず、そこで眠っている佳依に話しかけた。

「異母兄《にい》さん……おれ、どうしたらいいんだろうね。がんばるって言ったけど……異母兄さんがいないと、むずかしいよ。自分で考えるしかないなんて」

弱々しそうに肩を落として勇舞が病室をあとにする。

あんな異母弟は初めて見る。大丈夫だろうか。

ライバルの素晴らしい舞台を見て不安になるのはわかるけれど、これは彼自身が克服《こくふく》していくしかないことだ。

「芸術の道というのは厳しいな」

佳依の元に戻ると、伯爵はしみじみとした口調で言った。

「何とか乗り越えて欲しいのですけど。……ところで、伯爵、看護師とも顔見知りなんですか？」

「前に言っただろう。見える人間には見える、と」

特に医療関係者とは何度も遭遇しているので顔見知りは多い。

「みんな私を恐れている。当然だ、死を司《つかさど》る神なのだから。彼らは私のことをあの世からの使者だと思っている。そして私を恐れ、多くの絵画や文学で恐怖を表している」

「美術館で見ました。みんなあなたのことをどうして骸骨《がいこつ》のように描くのですか？」

「死んだあと、みんな骸骨になるからだろう」

「こんなに美しくて、こんなにも優しそうなのに」

とても不思議だ。

「……っ」

そのとき、伯爵がハッとした顔で佳依の手をつかんだ。

「大変だ、すぐにいかなければ」

「どこに？」

「今、きみの異母弟が自殺した。セーヌ川に飛びこんだ」

「――――っ！」

どこからともなく勇舞の悲痛な声が聞こえてくる。

——怖い。このままひとりで舞台に立つのが怖い。「羽衣」なんて踊れない。ドス黒い心を持ったおれが天女を演じられるわけがない。異母兄さん、助けて。お願い、あなたがいないとおれはダメなんだ。


そこで彼の声は消えた。

7

勇舞《ゆうま》が自殺してしまった。どうして、そんなことを———。

セーヌ川に身投げした勇舞は、意識不明の重体で病院に運ばれた。

「伯爵、お願いです、勇舞を助けてください」

佳依《かい》は彼に懇願《こんがん》した。しかし彼はもともと勇舞の寿命はここで終わる運命だったと佳依に告げた。

「彼は……近いうち私の遊園地に来るリストに入っていた。最初、きみに会ったとき、天井から大道具が落ちてきたことがあっただろう？」

「え……ええ」

はっとした。

そうだ、伯爵と初めて会った日、佳依が代理で「羽衣《はごろも》」の場当《ばあ》たりをした。どうして代理なのか——と伯爵が疑問を投げかけてきたのを思い出す。

「それから次。あの火災……あのときもきみが邪魔をした」

「では勇舞の命は……もうすでに」

そうだ、と彼がうなずいたとき、遊園地のメリーゴーランドの前に勇舞が現れた。

「異母兄《にい》さん……それにあなたは……さっき看護師が恐れていた……ああ、そうか、死神だったから。異母兄さんの恋人だなんて言ってたけど……そうじゃなくて」

勇舞は伯爵を見て納得したように呟いた。ずいぶんすっきりとした顔をしている。

「異母兄さんも死んだの？」

「いや、まだ生きている。きみも佳依も瀕死《ひんし》の状態だが……」

「待って、伯爵。勇舞を連れて行かないでください」

佳依は勇舞の前に立ってすがるように頼んだ。

「連れていくのは一人だけだ」

冷たく、何の感情もない表情。死神らしいというのも変だが、そんなふうに見えた。

「日本の伝統芸能を継承できる人間を現世《げんせ》に残そう。そうではない人間をあちらの世界に連れて行く」

「なら、おれを。この世には異母兄《あに》を残してください」

勇舞の表情は清々《すがすが》しい。こんな彼を見るのは初めてだ。

「どうして……勇舞……」

「生きているのが辛い。ずっとずっと辛かった。ただ家のことが気になっていた。あなたが残ってくれるなら、おれは安心して若宗家《わかそうけ》の立場を捨てられる」

「勇舞っ！」

佳依は思わず勇舞のほおを叩いた。

「異母兄《にい》さん……」

生まれて初めて彼に手を上げてしまった。呆然とした顔で勇舞が佳依を見つめる。

「許さないからな。死ぬなんて絶対に許さない。卑怯だぞ」

信じられないほどの感情が体の奥から湧き起こってくる。

怒りなのか、他の感情なのかわからないが、初めてふつふつと炎のような熱いものが自分の内側で燃え盛るのを感じた。

「言っておくけど、ぼくはそんな弱い気持ちのために耐えてきたわけじゃないからな。そんな弱い意志のため、理不尽なことを我慢してきたわけじゃない。将来、宗家になるおまえを信じていたからこそだ。現世にはおまえが残るんだ。ちゃんと自分の重荷を背負って生きていけ」

涙がボロボロとこぼれてきた。何だろう、この感情は。自分は腹を立てているのか？

勇舞の弱さに？　それともこうなるまで彼の苦悩に気づかなかった自分に？

「佳依……」

伯爵は佳依の肩に手をかけた。最初のころのように何の表情もない、美貌《びぼう》のフランス人形を思わせる「物質」の顔をしていた。

「きみは現世にもどりなさい。私は異母弟《おとうと》のほうを連れていく」

「……っ」

「彼のほうが現世に苦しんでいる。きみのほうが苦しんでいない」

「そんな……苦しんでいるからといって連れて行くのはおかしいです。それに……ぼくは」

佳依は切ない気持ちで伯爵を見つめたあと、勇舞に視線をむけて淡くほほえんだ。

「……恋人にしてもらうんだ、この人の」

「え……でも……彼は」

人間ではない相手に本気なの？　と言わんばかりの勇舞を見つめ、佳依は静かにうなずいた。

「知ってる、死神だよ。でも好きなんだ、どうしようもないほど」

伯爵が浅く息を呑み、佳依に視線を向ける。勇舞以上に、彼のほうが信じられないものを見るような眼差しだ。

「……本気です、ぼく」

澄みきった笑みを見せる。でも心は生まれて初めての熱く燃えるような想いにあふれていた。言葉にして、改めて痛感する。自分が狂おしく、激しく、この人に恋しているという事実を。『道成寺』の姫のように、自分の身を滅ぼしてもいい、一緒にいたい、相手が何者でもいい、愛しているという気持ちが身体からあふれてくる。

「ぼくが残りたいんです。ここに、あなたのそばに」

切なる想い。迷いはない。すべてを捨ててここで生きていく。

「佳依……本気なのか。本気で私の伴侶に？」

人形のような「物質」に戻っていた伯爵の表情がまた命を宿し始める。佳依は笑顔でうなずいた。

「あなたの風船……ぼくがとってもいいですか？」

伯爵はしばらくじっと佳依を見つめたあと、「ああ」とうなずいた。切なげな表情で。

「……永遠を……永遠に近い時間を私と共にしてくれるのか？」

「ええ、一緒にいたいんです。あなたが嫌だと言っても……そばで、あなたの笑顔を見たいから。風船をとって、メリーゴーランドに……」

「佳依……」

伯爵は瞳を震わせて浅く息をつくと、佳依の肩をつかむ手に力を加えた。手袋越しでも手がかすかにわなないているのがわかる。

「では、その前に私の願いを叶えて欲しい」

祈るように伯爵は言った。

「明後日《あさって》……きみの『羽衣』を見せて欲しい。私が初めてきみを見たとき、あまりの美しさに、もっと見ていたいと思った天人を。きみの「生」の証《あかし》を私に」

天人を？　舞台で？　生きた証。

するとそれまで唖然と二人を見ていた異母弟が瞳に涙を溜めて佳依の腕をつかんだ。

「やって。お願いだから。見せて、この人の恋人になるにしろ、どうするにしろ、おれに……異母兄《にい》さんの本気の舞台を」

本気の舞台。もしそれを見せることができたら、それによってこの異母弟が本気で芸の道をきわめてくれるなら。

「わかりました」

佳依がそう返事をしたとき、伯爵の手が肩から離れた。

「……っ」

みゃおんと黒猫の声が耳をかすめたかと思うと、伯爵が黒いマントを大きくはためかせた。

二人の頭上を覆《おお》う黒いマントが闇へと変わっていく。

それはとてもあたたかくて優しい闇だった。どこまでも甘く、切ない気持ちでやわらかく包んでくれるような。
彼の愛に包まれている――そんな実感を抱きながら、静かに目を覚ますと、そこは白い壁に囲まれた病室だった。

「……よかったです、お二人とも無事で」

「本当に昨日はどうなるかと思いましたが」

座員たちが喜びに涙を流している。

「ご心配をおかけしました。明日の舞台は私が『羽衣』のシテをつとめさせてもらいます」

半月ほどの入院期間。長い間、意識を失っていて、起きたばかりで身体が動くのか心配だったが、生まれたときからずっと鍛《きた》えていた肉体は、たった半月でダメになるようなことはなかった。

右膝《ひざ》をカバーしなければと密《ひそ》かに基礎的な稽古をし続けてきたのがよかったらしい。身体の芯の部分が半月で弱った部分を支えてくれた。

「それでは、明日は、佳依先生に『羽衣』の天人をお願いします。どうか彼を中心に、他の面々も力を尽くしてください」

異母弟がこれまでの態度を改め、神妙な様子で他の座員たちに頭を下げた。セーヌ川に落ちた衝撃で足を骨折したため、車椅子に座っていた。

「佳依先生に代わり、私が道具の手入れをいたします」

落ち着いた表情、おだやかな話し方、生まれ変わったような勇舞の姿に分家の者や弟子たちは感動し、とても喜んでいる様子だった。

「異母兄《にい》さん、ごめんね。長い間、ずっとひどいことして」

前夜、支度部屋で扇子《せんす》や能面《のうめん》の手入れをしながら勇舞はしみじみとした口調で言った。

明日、佳依がつける「若女《わかおんな》」の能面を勇舞は丁寧に布で拭《ぬぐ》っていた。

「どの道具も全部完璧に手入れされている。羽衣の長絹《ちょうけん》も……おれがひっかけて破ったのがわからないほど綺麗に直ってる。これからはおれもきちんと手入れができるようにならないとな」

「そうだね、道具があっての舞台だから」

「……楽しみにしてる、明日。でも……本音を言えば……あの人のところにいかないで欲しい。一緒にこの道をきわめて欲しい」

能面を桐《きり》の箱にしまうと、勇舞が祈るように言った。

「……勇舞……これはぼくが決めたことだから」

「何であのひとなの？　生きている人間じゃなくて……」

「あのひとだから……あのひとのいる場所で生きたいから」

どう言葉で説明していいのか。佳依は異母弟の手をとって微笑した。

「勇舞、とてもあたたかい手をしているね。こんなふうに……一度でいいから、あのひとの手をとりたいんだ。あのひと、誰の手にも触れたことがないんだよ」

「え……」

「触れたら命を奪うから。正しくは魂を奪うから、生きている人間はもちろん、死者でさえ」

佳依の言葉に勇舞が絶望を感じたように瞳を震わせる。

「あんなに素敵で優しい人なのに？」

「そう、なのに、みんなから怖がられて、骸骨《がいこつ》の絵で表されて、誰からも愛されなくて……触れることもできない」

そう口にしているだけでまぶたに熱いものが溜まってくる。きっとこの声はあのひとにも届いている。そう思うからこそちゃんと言葉にしなければと思った。

「ぼくにとっては、あのひとが人間でも死神でも悪魔でも……どうでもいいことなんだ。ただ……彼が笑顔でいると嬉しくて、彼といると幸せで……そう……ぼくには彼が必要なんだよ」

きっと聞こえている。きっとこの近くで聞いてくれている。

「だから……普通に同じ世界のものとして触れたいんた。離れたくない……それだけだよ」


思いを届けよう。

これまでの自分の「生」の最後を精一杯やり抜こう。

そう決意し、佳依は舞台に立った。

鼓《つづみ》と笛《ふえ》と太鼓《たいこ》の音が混ざりあい、幾重《いくえ》にも折り重なるように響き渡る会場。

能面からでも視界が開けていて、客席に彼がいるのがわかった。

舞台と楽屋を繋《つな》ぐ橋がかり。

彼の移動遊園地は橋がかりのように現世とあの世をつなぐ橋の役割なのかもしれない、そんなふうに思った。


――嬉しやさては　天上に帰らん事を得たり。

――この喜びにとてもさらば。人間の御遊《ぎょゆう》の形見の舞。

――月宮を廻《めぐ》らす舞曲あり。只今、此処《ここ》にて奏しつつ。

――世の憂《う》き人に傳《つた》ふべしさりながら。衣なくては叶ふまじ。

――さりとては、先《ま》づ返し給《たま》へ

後半になればなるほどお囃子《はやし》の音が激しくなり、鼓や笛の音が高らかに響いていく。

舞台上に作られた三保《みほ》の松原に似た空間。

黒い鬘《かずら》、儚《はかな》げな美女の能面、薄く透けそうな白い長絹をはおって舞台で舞う。

白い長絹が蝋燭《ろうそく》の焔《ほのお》を反射し、優しい星屑《ほしくず》のように煌《きら》めく。静かに長絹を揺らし、手にした扇を返しながら、足を鳴らして舞っていく。

しなやかに空気を抱きしめるように愛情を込めて踊る。天人なのだから、指先から足先まで一切の無駄がない優美さを感じさせなければ。

足は曲がらないままだったが、見ているものは誰も気づかないだろう。自分でどうすればそこが観客にわからないようにできるのか、長い間、苦しみ、会得《えとく》してきたものが血肉となって身についていることがわかる。

克服《こくふく》したい……と願ってきたもの。できないのではなくそれでもやろうとすることが大事なのだと、今、「生」の最後という思いで舞台に立ったとき、ようやく気づけた気がした。

大喝采《だいかっさい》の舞台を背に、佳依は衣装を脱ぐと、黒い着物と袴《はかま》に着替えて移動遊園地へとむかった。

急がなければ……。妙な胸騒ぎがしていた。というのも、舞台が終わったとき、客席に彼の姿はなく、「ありがとう、愛してくれて」という声が耳元をかすめた気がしたからだ。

まるで別れを告げるようなあの言葉。あれが気になり、佳依は遊園地の前まで行った。すると、猫がそこに現れた。

「よかった……きみがいるということは、ぼくはここに入っても大丈夫ということだね」

ほっと息をつき、佳依は猫を抱いて夜の遊園地のなかに入った。

一昨日《おととい》まで毎日のようにここで過ごしていたのに、懐かしい気持ちがするのはどうしてだろう。


にぎやかなサーカスや大道芸、それから楽しそうなバザール。

公園から漂ってくる優しい花の芳香や木々の瑞々《みずみず》しい香り。

観覧車の前を通ると、あの甘いワルツの音楽が聞こえてきた。

ジュ・トゥ・ヴ——ふたりの思いをつないでくれた曲だ。

あのとき、彼が言った。

「きみが欲しい」と。

それから……。

「J'ai envie de t'embrasser. Je peux t'embrasser?」と囁いていた。

きみを抱きしめたい。きみにキスをしてもいいか?

そう言われ、胸がどうしようもなく高鳴った。

愛している、大好きだ。これからここであなたと暮らしていく。

その気持ちに変わりはない。

最後に「生」の証として、ぼくを舞台に立たせてくれてありがとう。とても幸せだった。もう思い残すことはない。

観覧車に背を向け、空中ブランコや見世物小屋の前を抜け、遊園地のなかでひときわ美しく輝いている空間へと向かう。

甘く感傷的なアコーディオンの音楽が流れているメリーゴーランド。

「伯爵……」

佳依がほっと微笑すると、腕のなかから黒猫が飛び降り、彼の足元へむかっていく。

黒いフロックコートをまとった彼は、いくつもの風船を黒い革手袋の手に持ち、メリーゴーランドの前に佇《たたず》んでいた。

色とりどりの美しい風船がメリーゴーランドの光を浴びて幻想的に揺れている。

「舞台……素晴らしかった」

佳依が近づくと、伯爵は淡く微笑した。

だがその笑みがあまりにもさみしげで、儚い感じがして佳依の胸にまた妙な胸騒ぎが広がっていく。乾いた風が胸を吹き抜けていくような、そんな違和感。

「あなたとここで暮らしていきます。永遠に近い時間、あなたのそばに。あなたと幸せになるために」

佳依が告げると、伯爵の瞳がかすかに潤《うる》む。エメラルドグリーンの瞳がわずかに濡れ、そのしずくをメリーゴーランドの光が煌《きら》めかせる。

「ありがとう、佳依」
「愛しています。これからはずっと一緒です」
ああ、やっとあなたに触れることができる。あなたの本物の肌に。
佳依は笑顔で伯爵の風船に手を伸ばした。全部つかもう。ここにある風船のすべてを。
「……っ！」
しかし佳依の手はむなしく空《くう》をつかんでいた。
え――――。
伯爵の手から離れた風船が次々と頭上に上がっていく。
どうして……。
ふわふわと空気にたゆとうように旋回《せんかい》しながら、風船が夜の闇に舞い上がっていく。
佳依は目を見ひらいた。人形のような眼差しで伯爵がじっと佳依の目を見つめている。
どうして。
どうしてどうしてどうして。
どうして風船を手放したの？
ぼくは、あなたと一緒に行きたかったのに。
今夜、伴侶になることに喜びを感じていたのに。
だから精一杯最後の舞台をつとめたのに。

どうして手放すの？

信じられないものでも見るように、佳依は伯爵を見つめ続けた。

「ありがとう、愛してくれて」

伯爵は手袋をつけたままの手で佳依の肩に手を伸ばしてきた。

「伯爵……」

彼は涼しげな、さわやかな笑みを浮かべた。

「きみの愛が私を救ってくれた」

「え……」

伯爵は静かにうなずいた。

「そう、救ってくれたんだよ。私のこのどうしようもない孤独、死神という自分に課せられた仕事の重み……それすらもとても尊《とうと》く愛しいものだと思えるようになったのはきみが愛を教えてくれたからだ」

そんなだいそれたことはしていない。ただこの人が好きだから、この人を愛しているから、ここに残ろうと決意しただけなのに。

「きみが以前に言っていた――救われた――という言葉の意味がようやくわかった。だから風船を手放した」

「待って……どうして」

「愛された……それがどれほどの救いになるのか……人間がどうしていつもいつも人を愛するのか、そして愛されることを望むのか……それが理解できた」

伯爵の澄みきった笑みが悲しい。そして痛い。

「恋も愛も知ることができた。人間が一番大事にしている愛というもの。それがどういうものかわかった。だからこそ、きみの人生を奪えなくなってしまった」

「伯爵……」

「きみを愛したい。きみと愛しあいたい。だから待っている。精一杯、その人生をまっとうしてくれるまでの時間。私からすれば一瞬のことだ」

人生をまっとう？

「生きて生きて生き抜いて……寿命が終わったとき、ここに風船をつかみにきて欲しい。待っているから」

だから連れて行かない。

きみはこれからまだ何十年か生きる。そのあと再会しよう。

彼の声が胸の奥で響いた。

「これが私の愛だ。ずっと愛している。だから生きて欲しい」

†

ゆっくりと静かに大型船が港から離岸していく。

小高い丘に建った白亜《はくあ》のノートルダム大聖堂が明々《あかあか》とした夕陽を浴び、薔薇色《ばらいろ》に輝いて見える。

もうこれで本当にフランスは見おさめだ。

甲板《かんぱん》に立ち、佳依は少しずつ遠ざかっていくマルセイユのシンボル――ドーム型の大聖堂のシルエットをじっと見つめていた。

日本に到着するのは一ヵ月以上先だ。

フランス北部で乗船した船はポルトガルの南から地中海に入り、このマルセイユに寄航したあと、ギリシャ方面へと進み、スエズ運河を通ってインド洋へと出るのだ。

なんという長い船旅か……。

帰国するときの風景は、むかうときよりもずっとはっきりと視界に入ってくる気がするのはどうしてだろう。

太陽を浴びて煌《きら》めく花はより美しく見え、雲ひとつない青い空もより濃密に見えた。

マルセイユの風景も、行きに見たときは、どこか猥雑《わいざつ》な、港町特有の少し荒れたような、混沌《こんとん》とした印象だったのに、今日はとてつもなく美しく、悠久のときを刻んできた街の重みと歴史に心が震えるような気がした。

（多分……あのひとのおかげだ。……ぼくに風船を取らさなかった彼の）

あの人との時間がどれほど素晴らしいものだったのか。長い歳月をひとりぼっちで生きてきた彼が与えてくれた「生きる意味」とその尊さ。

こうしていると余計にそれを実感する。

いつ再会できるのかわからないけれど……その日までしっかり生きていかなければ、きっとあの風船をとることはできないだろう。

ついにメリーゴーランドにも乗れなかった。

いつか彼の手から風船を受けとり、二人でメリーゴーランドに乗る。

それを目標にすることが今の自分の生きがいだ。

そんなことを考えながら甲板に立っているうちに、マルセイユの街が少しずつ夜の闇に包まれる。もうシルエットも分からなくなってきたそのとき。

「異母兄《にい》さん……」

後ろから異母弟の声が聞こえた。ふりむくと、松葉杖《まつばづえ》をついた異母弟がそこに立っていた。

互いに能楽宗家の若宗家《わかそうけ》と師範《しはん》という立場もあり、船内でも二人は常に黒い着物と袴《はかま》という服装をしている。

「もうフランスの大地ともお別れだね。改めてよかったと思うよ、異母兄さんがこっちの世界に残ってくれて」

佳依は苦笑した。よほど案じてくれていたのか、二人きりで顔を合わせるたび、勇舞は口癖のように「よかった」と言う。

「大丈夫だよ……ちゃんとここにいるから」

ほほえみかけると、勇舞は松葉杖をついた不自由な足を庇《かば》いながら、よろよろと近づいてきた。

今朝まで車椅子だったが、今日、船が停泊中に陸地の病院に行って診断を受け、そろそろ松葉杖をと言われたのだろう。

まだ歩き方はどことなくぎごちないが。

目の前までくると勇舞は佳依の背に腕をまわして抱き寄せ、肩に顔を埋めてきた。

「勇舞?」

「異母兄《にい》さん、ちゃんとここにいてね。俺のそばに。俺がまたダメにならないよう、ちゃんとそばで注意して……でないと、すぐにへこたれてしまうから」

「ちょっと……どうしたんだ、いきなり弱気なことを。大丈夫、行かないから、どこにも」

戸惑いながら言うと、勇舞は佳依から手を離し、ふっと笑った。

「わかってるけど、聞きたかったんだ」

彼の瞳にはもう以前のような苛立ちや鬱屈《うっくつ》はない。清々《すがすが》しい一人の若い青年といったさわやかさを感じるようになった。

伯爵は佳依だけではなく、この異母弟の心も救ってくれたのだと思うと、本当にどうしようもない彼への感謝と、やはり今すぐにでも会いたいという思いが募《つの》ってくる。

「……やっぱり淋しい？　あのひとと離れて」

その問いかけに佳依は目を細め、じっと海原を見つめた。

最後の彼の「救われた」という言葉が脳裏から離れない。

「……淋しいよ、ものすごく淋しい。でも連れていってもらえなかったから」

愛されたからこそ救われた。その彼の愛の重みが胸に痛い。本当は泣き叫びたい。どうして連れて行ってくれなかったのか、と。

でも彼は深く大きな愛で、佳依を真剣に愛してくれたからこそ、それを許してくれなかった。

「おれ、あのひとの気持ちがわかるよ。あの舞台を見たら連れて行けない。異母兄《にい》さんにもっと輝いてほしいと思ったんだよ。多分、あの人は本気で異母兄《にい》さんのことが好きだったから」

そう呟き、異母弟は自分の船室へと戻っていった。

本気で好きだったから――。

そう、だから連れて行ってくれなかった。

『これが私の愛だ。ずっとずっと愛し続ける』

その深い愛。あまりにも深い彼の愛に感謝しながらも、それでもやっぱり一緒にいたかった
というやりきれない切なさに佳依の胸はキリキリと痛む。

わかっている。魂を込めて生きていった先にしか、彼の風船をとる資格はないということくらい。

そんな大切なことに、あとになって気づいた。

だから生きなければ、ちゃんと生きなければ……と思うのだが。

精一杯、生きて、彼と再会する。その日を目標に。

そのとき。

みゃおん。

猫の声がした。

「え……」

聞きおぼえのある、胸を甘く切なくさせる猫の鳴き声に佳依は全身を震わせた。

まさか、この声は……。いや、そんなはずはない、誰かの飼い猫だ。そう自分に言いきかせながらも、声の主《ぬし》を確かめようと佳依は恐る恐る振り返った。

駆け抜けた海風に髪がばらつき、それを手で押さえかけたそのとき、さっきまで誰もいな

かった甲板にたたずむ人影があった。

窓から漏れる灯りが黒猫を抱いた美しい紳士――伯爵の姿を浮かびあがらせる。

「やあ、佳依」

黒いフロックコートを身につけ、猫を抱いた彼がゆっくりとこちらに近づいてくる。影がある。靴音がする。幽霊でも夢でもない。ここがあの世というわけでもない。

「…………っ……」

なぜここに。もう会えないのではなかったのか。そう尋ねたいのに言葉が出てこない。目を見ひらいたまま、唇を震わせ、その場で動くこともできずに硬直するしかない。

「きみに会いにきた」

会いに？　どうやって？　どうして……とわけがわからないでいる佳依の前まで彼が歩いてきたとき、船室から現れた船員が声をかけてきた。

「伯爵さま、お部屋はあちらですよ」

普通の乗客相手のように話しかけている。彼を恐れている様子はない。

「あとで行く。大事な相手と会ったので、二人きりにしてくれ」

「わかりました。お荷物だけお運びしておきます」

「ああ、頼む」

お荷物？　部屋？　ここにいるのは彼に似た乗客なのか？　いや、違う。佳依の名前も知っているし、黒猫もいる。それに会いにきたとも言った。

「驚かせたようだな。無理もない。私だってこうなるとは思いもしなかったのだから。これが海の香りか。夜の海もいいものだな」

風に揺れる髪を手で押さえ、伯爵はぐるっとあたりを見まわした。

「……っ……」

なぜこうなったのかはわからない。けれど、彼がここにいるという事実、もう一度会えたそのことに胸がいっぱいになり、佳依の瞳から大粒の涙がポロポロとこぼれ落ちていく。そんな佳依をなつかしそうに見つめ、伯爵はぼそりと言った。

「罰だ、私への」

伯爵はそう言うと佳依の前で微笑した。

「私も煉獄《れんごく》を経験することになった」

「そう言われても……意味が……」

言葉を失っている佳依に、彼は言葉を続けた。

「風船を手放した罰として、数十年、人間社会という煉獄を味わわなければならなくなった」

それはつまり……。

「日本に遊学《ゆうがく》する貴族となった」

「え……」

「伝統芸能の勉強がしたい。茶を飲みたい」

そう言うと、彼は手袋をとって佳依に手を伸ばしてきた。

「きみと触れ合いたい。この世界での煉獄を数十年楽しむことにした。そのあと、私の手をとってくれるな?」

差し伸べられた手。ああ、触れられるのだ。

「あ……あ……」

声が出ない。涙が出てくる。ようやく触れられる。ようやく。

佳依はその手をとった。

佳依の背を伯爵が抱き寄せる。

「キスを……きみにキスをしていいか?」

キス——ああ、そうだ、もう触れあってもいいのだ。同じ世界の住人だから。

そう思っただけでどっと涙があふれた。唇を震わせ、嗚咽《おえつ》を漏らす佳依に、彼は目を細めてほほえみかけた。佳依の大好きな彼の笑み。死神なのに、どうしてそんなに優しそうに、そしてどうしてそんなにさみしそうな笑みを浮かべるのですかと思っていたその笑顔が愛しくて、
佳依は自分から伯爵に唇を近づけた。

「大好きです……あなたが……どうしようもなく」

唇を触れあわせると、背中にまわった伯爵の手がさらに佳依をひき寄せた。だから同じよう

に彼の背を強く強く抱きしめた。

「佳依……ずっと感じたかった、この、きみのぬくもり。きみの皮膚の優しさ」

伯爵がそっと佳依の唇をひらき、口内へと侵入してくる。あたたかい。それにやわらかい。

どうしようもなく愛おしい。心の底からこみあげてきた喜びが全身に広がっていく。

「ん……ふ……っ……っ……」

どのくらい互いの唇を求めあっていたのか。ザザ、ザザと波音が聞こえるなか、これまでの時間を惜しむように彼が舌先を絡めてくる熱っぽさに身をゆだねているうちに、いつのまにか佳依は頭が痺《しび》れたように甘い幸福感に満たされていた。

「……っ」

唇を離し、至近距離で彼が佳依に問いかけてくる。

「どう？　本当のキスは」

「……」

そんなこと、真顔で訊かれると恥ずかしくて本気で死んでしまいそうだ。でもちゃんと言わないと、ここにいる彼が夢になってしまったら嫌なので佳依は素直に言葉にした。

「好きです……大好き」

「本当に？　どんな感じがした？」

またそんな恥ずかしくなるような質問を。

ああ、でもいい、何でも正直に伝える。この奇跡の再会を絶対に手放したくないから。

「あなたのキスは……甘くてやわらかくて……情熱的で……素敵です」

「よかった。きみの唇もとても素敵だ。どんなクリーム菓子よりも甘くて……好きだ」

「ぼくも……好きです」

「それは嬉しい。チョコレートケーキとどちらが好き？」

そんなこと、決まっているではないか。

「……あなたが望んでいる答えが……ぼくの答えです」

「じゃあ、チョコレートケーキの代わりに、毎日私のキスを食べるか？」

「え……それは」

チョコレートケーキも欲しいですと言いたかったが、佳依は苦い笑みを浮かべてうなずいた。

「そうします……それでいいです」

すると伯爵はとても幸せそうに微笑した。

「嘘だよ。チョコレートケーキも用意する。きみが欲しい分だけ、最高のものを探す。私が作ってもいい。でも……それよりももっと私のキスを味わって欲しい」

囁きながら伯爵がキスをしてくる。あまりに幸せで、あまりに心地《ここち》好くてどうにかなってしまいそうだ。

こんな日が来るなんて。こんなことができるようになるなんて。

「——ずっとみんなが言っていたぬくもり。こんなにも素敵なものだったなんて」

伯爵はそれから何度も佳依にキスをして、しみじみと実感するように言った。

「もっと触れていいか？　もっともっと身体の奥底できみの体温を感じてみたい」

叶えたくても叶えられなかったそれが欲しくて、味わいたくてたまらないと伯爵が耳元でささやく。

「ええ……ぼくも知りたいです」

「今すぐきみがほしい」

抱き上げられたかと思うと、伯爵は最上階にある一等客室に入っていった。

パリの豪奢《ごうしゃ》なホテルのような船室は二間続きになっていて、奥の寝室には天蓋《てんがい》付きのキングサイズのベッドが置かれていた。

そのベッドの前で下ろされたかと思うと、袴の結び目を解かれる。

ストンと足元まで袴が落ち、黒い着流しの姿になった佳依の胸元に彼の手が滑《すべ》りこんでくる。

「この日本の着物というものは、随分と淫靡《いんび》にできているようだな」

「え……」

「脱がせやすいし、触れやすい」

「あの……」

どうしよう、いきなりの再会に喜んでいたのだけど、こんなこと。

戸惑いと緊張に頭が真っ白になっていたが、次の伯爵の一言に佳依は胸が痛くなった。

「幸せだ、生きている人間に……こうして触れることができるなんて」

その一言にどっとこみ上げてくるものがあり、佳依の双眸《そうぼう》に涙が溜まっていく。気がつけば彼の肩に手を伸ばしていた。

「ぼくも……ぼくも幸せです。あなたに触れることができて」

戸惑いも恐れも消えていく。今すぐにでもこの人と繋がりたいという気持ちが胸の底から熱くこみ上げてくる。

身体に感じる重みは彼がこの世の人間として生きている証拠。

ただそれを実感するだけで、ずっと彼が抱えていた淋しさや孤独感が伝わってくる気がして切なくなる。

「これが涙か。人間たちが話していた通り、熱いものだな」

佳依の涙をそっと素手で拭《ぬぐ》った伯爵の指先に、そのまま髪を撫でられる。

「きみの涙、きみの髪、きみのほお……夢のようだ」

いつの間にか彼は上着を脱ぎ、白いタイを緩《ゆる》めていた。そんな姿は初めてなので、彼の襟元《えりもと》が乱れているだけでドキドキした。

「……佳依……」

そのまま、唇を近づけられ、キスされる。

彼の重みと体温を感じながら佳依はその背に腕を回していた。

「……っ」

鼓動が高鳴っていく。そうすることが自然な気がして、唇を開けると彼の舌が侵入してくる。

ふわり……と舌のすきまから立ちのぼる香り。甘い花の匂いがする。

「く……んっ……ん……っ……ふ……っ」

皮膚をすりあわせ、甘くついばみあうようなくちづけ。とてつもなく彼の唇が心地よかった。

「きみと愛しあいたい……ようやく私のものにできる」

彼は佳依のほおや首筋にキスをしながら、あわせを少し開いて胸のあたりに手を滑らせてきた。

いつしか足の間に入った彼の手が、はらりとはだけた着物をたくしあげ、腿《もも》のあたりを探っている。

何もかもが初めてでとても恥ずかしいのに、指先で乳首を押しつぶされると、下肢《かし》のあたりがカッと熱くなって全身が痺れたようになる。

肌が少しずつ汗ばみ、のしかかる彼の重さに息苦しくなっていく。

その感覚が増せば増すほど、彼がここにいる実感が胸に広がって幸福で甘美《かんび》な気持ちになる。

気を利かせたのか、猫はいない。

「大好きだ、佳依」

佳依のほおを手で包み、じっと顔を覗き込んでくる。

さらりとした前髪が佳依の額に触れる。美しいエメラルドグリーンの瞳に吸い込まれそうだ。

「ぼくも……好きです」

そう答えると、彼が目を細めて微笑し、今度は触れ合わせるだけのキスをしてきた。

これまで人を愛することも、生きることの意味も知らなかった。けれどこれからはこうしてこの人と生涯を過ごすのだと思うと、幸せすぎて怖くなってしまう。

「日本に着くまで、ずっとここで夜を共にしよう」

その言葉に、佳依は涙まじりの笑顔でうなずいていた。

狂おしそうに首の付け根の皮膚を甘噛みする彼の動きが愛しい。指先で胸の粒に刺激を加えられる、それだけでたまらなく心地いい。

着物の裾《すそ》は乱れ、腿から剝き出しになっている。足袋のかかとがシーツの上を滑っていく。

あまりに幸せで胸がいっぱいになる。

ああ、ようやく彼とこんなふうにできるのだ。

数十年後、あのメリーゴーランドの前で、彼の風船をつかむ日まで、こうして、二人で。

恋する神様のロマンス休暇

koisuru kamisama no romance kyuka

1

みゃあ……。

甘えるような猫の鳴き声に気づくと、窓から外の様子を確かめるのがいつのまにか佳依《かい》の日課になっていた。

(伯爵《はくしゃく》が帰ってきた……)

大丈夫だ、暖炉《だんろ》の火もいい具合に調節しているし、沸いたばかりのお湯で紅茶をいれる準備も整っている。

それから伯爵がお気に入りの酒種《さかだね》あんパンも銀座の木村屋《きむらや》で買っておいた。

「ただいま」

猫用出口から外に出た黒猫を玄関ポーチの前で抱きあげ、伯爵がそっと慈《いつく》しむようにその額《ひたい》にキスをしている。

いつもその姿を見るたび、自然と佳依の口元に笑みがこぼれる。

「お帰りなさいませ」

廊下に出て、玄関の扉を開ける。

なかに入ってきた伯爵が佳依の背に腕をまわして抱き寄せる。

黒の上下にフロックコートを身につけ、肩に黒猫をのせた伯爵と、藤色の着物に紺色の袴《はかま》を身につけた佳依。そんな二人の姿が鏡に写っていた。

「ただいま、佳依」

佳依のあごに手をかけ、当然のように伯爵が挨拶《あいさつ》がわりに唇を重ねようとしてくるが、佳依はまだこの接吻《せっぷん》と抱擁《ほうよう》という西洋式の行為に緊張して身体をこわばらせてしまう。

「まだ慣れないのか」

「…………え……いえ、そうではなく……」

もうパリではない。船上でもない。ここは東京で、明治三十年代の世の中だ。昨今《さっこん》では男女交際論なども叫ばれてはいるものの、佳依は男女七歳にして席を同じゅうせず……という風習が当然といわれていた時代に生まれ育った。

そのせいか、今もまだ佳依には、自由恋愛などは物語の世界だけのもの、ましてや同性同士の恋愛などはさらに許されたものではないという意識がある。

もちろん伝統芸能の世界では色恋沙汰も多く、最近の庶民は自由恋愛を楽しんでいる者も多いのだが。

（……パリで……風船に手を伸ばしたときは、すべてがどうでもよくなったけど）

風船をとろうとしたときだけではない。パリの遊園地にいたときはもっと自由だった。周りのことなど気にしなくてよかったからだろう。

何度も褥《しとね》をともにしているのだから、このくらいの接吻は接吻のうちに入らないかもしれないが、なぜか鼓動が跳ねあがりそうになってしまうのだ。

「すまない、きみに触れられると思うと、つい」

そうだ、遊園地にいたときは触れあうことはできなかった。その切なさを思うと、今は最高に幸せだ。

「謝らないでください、本当はぼくもあなたに触れたいんです」

大きく息を吸って目を瞑《つむ》り、佳依は背伸びをして自分から唇を近づけようとした。

その瞬間、唇が触れあうことはなく、代わりにざらりとしたものにほおをぺろっと舐《な》められるのがわかった。

「え……」

思わずビクッとして目を開けると、黒猫の顔があった。

くりくりとした大きな猫の目と目が合い、みゃあ……と愛らしく鳴いて黒猫がもう一度佳依のほおを舐める。

「きみには彼のキスのほうがいいかな」

伯爵は佳依の肩に黒猫をポンとあずけて、フロックコートのボタンをはずし始めた。

「すみません。あ、ぼくが」

肩に乗った黒猫を改めて抱き直し、佳依は片手で彼のコートに手を伸ばそうとした。

「いい、このくらい自分でやるよ」

ハンガーを手にとって伯爵はコートと帽子を壁にかけた。

「すごい、見てくれ、袖口《そでぐち》の釦《ボタン》がこんなことに」

しわにならないよう綺麗に整えているうちに、ボタンがとれかかっていることに気づき、伯爵は感動したように言った。

「不思議だ。くっついていたものが取れそうになっている。今までこんなものが取れるなんて一度も見たことがなかった」

伯爵はそのままボタンを引っこ抜こうとした。あわてて佳依はその手を止める。

「待って。そんなことをしたら布が裂けたりして傷《いた》んでしまいます」

「布が傷む？　布も怪我をするものか？」

小首をかしげる伯爵に、佳依は困惑して眉根を下げた。

「えぇっと……怪我というか……そうですね、そうかもしれないですね」

伯爵の発想はちょっと変わっている。普通の人間だったら当たり前のことでも彼にとってはそうではない。

「怪我のようなものか。この世の中は、生物も物体も何でも消えたり崩れたりして、永遠というものがないのだったな」

「はい、そうです、だから無理やりとったりしないものなんです。これはいったん糸を切って、それから縫《ぬ》いとめます。得意なので、あとでぼくが直しておきますよ」

「そういえば、異母弟《おとうと》くんがめちゃくちゃにした衣装を綺麗に元にもどしていたな」

「ええ、古いものを修復する作業、好きなんです」

「では、せっかくだ、私にもその修復作業という布の治療方法を教えてくれ。自分でやってみたい。これをこの手で直すなんてとても楽しそうだ」

コートの袖からぶら下がっているボタンを伯爵は楽しそうに指でつついた。その様子を佳依は不思議な気持ちで見つめた。

何でも知っていると思ったけれど、実は意外と知らないことが多いようだ。そして新しい発見をするたび、目を輝かせて楽しそうにそれにとりくむ。

(こういうところ、とても好きだ。ぼく自身、この世界のすべてが新鮮に思えてきて……)

彼と過ごしていると、一つ一つの出来事が貴重で尊《とうと》く思えるのだ。普通にこの社会で生きている人間にとっては見過ごすようなことでも、彼にとっては不思議なことであり、驚くべきことでもあるようなのだ。

伯爵が日本で暮らすようになって半月がすぎようとしている。パリからの長い長い船旅を終えて東京に着いたのはちょうど節分《せつぶん》の行事が終わったばかりの、冬の真っ只中だった。

今もまだ極寒の季節だ。上空からちらちらと雪が降ってきて、時々、雪まじりの風がガタガタと窓を揺らす。それでも火鉢《ひばち》しかない佳依の自宅と違い、暖炉や温水暖房のあるこの屋敷は、今の季節、天国のように心地いい。

伯爵がどうやって実在の人物になり、旅券や滞在証を手に入れたのか——くわしいことはわからないけれど、一応、表面的には、日本文化を学びにきた研修生兼フランス語の講師という形になっている。

この築地《つきじ》の居留地《きょりゅうち》は、貿易関係の外国人が多く住んでいる横浜や神戸の居留地と違い、教育関係者や宣教師たち中心で、伯爵はこのなかにある風雅《ふうが》な洋館に住むことになった。築地にはカトリック系の学校が次々と建てられていて、週に二回、伯爵はそこでフランス語を教えている。といってもかなり気楽なもので、フランスに留学予定の数人に簡単な言葉を教えているだけらしい。

今日も午後から新しく建設された私立の男子校にフランス語の講義に行っていたのだ。

「……佳依、ところで私のあれはあるか?」

私のあれ……あんパンのことである。

「はい、買っておきましたよ。ふわふわのが食べられるようあたためておきました」

佳依は応接室の扉を開けた。

香ばしいパンの匂いがふわっと漂う。

伯爵だけでなく、佳依もここのパンが大好きだ。

春になったら、名物の桜の塩漬けの酒種あんパンが発売されるだろう。

春、満開の桜を見あげながら、明治八年に天皇陛下に献上《けんじょう》されたというそのあんパンをうれしそうに食べる伯爵と過ごすことができたらどれほど幸せか。日本の春はこんなにも美しいんですよ、こんなにもあたたかいんですよ、と自慢したい。

「——では、お茶にしよう」

にこやかに微笑し、伯爵は席についた。

この国が西洋文化をとり入れるようになってからそう長くない。それまでずっと武士の時代だった。

文明開化のあと、日本の木造建築の技術で、外観だけ西洋風の建物をたくさん建て始めているが、この居留地もそのひとつ。欧州の建物と違って、床や壁が木製なので冬場はすきま風が入ってくるのが難点だ。あと、窓枠《まどわく》や床が軋《きし》むのも。

築地は佳依の自宅——愛宕《あたご》神社近くの家からそう遠くないので通いやすいのが助かる。勇舞《ゆうま》のいる赤坂の宗家《そうけ》から歩いたとしても一時間ほどで着く。

佳依はフランス語ができるので、毎日、午後から夜まで彼の助手兼世話係としてここに通っている。そして週末、土曜の夜だけここに泊まりこむことにしていた。

一応、食事と掃除などの使用人が通ってきてくれてはいるものの、伯爵の正体がバレないよう、佳依が彼らとのやりとりを担当している。

もちろん能楽師《のうがくし》としての仕事もあるため、朝一番には宗家の本宅に顔を出して稽古《けいこ》し、一時間ほど新弟子の稽古もみるようにしていた。

勇舞が『伯爵が日本に慣れるまでは、彼との時間を優先したほうがいい』と口添えしてくれたのもあり、裏方の仕事などは他の人間に任せるようにしたので、佳依は、その分、伯爵のそばで過ごす時間を持てた。

今は公演が少ない時期なのでいいけれど、四月から夏にかけて欧州から帰国した凱旋《がいせん》を兼ねての公演が増える。保月《ほうづき》流発祥の地とされる信州での各神社をめぐっての地方公演は、流派にとってとても大切な行事だ。伯爵は日本文化を勉強するという名目で、その巡業公演についてくる予定だ。父は異国の人間なんて……と反対していたが、勇舞がこれからの時代には異文化交流も大事だからと説得してくれた。

「紅茶、どうぞ」

ちょうどいい濃さになった紅茶をそそいで伯爵に差しだす。

甘みを感じさせる香ばしい紅茶の香りが心地よく鼻腔《びこう》に触れる。

佳依が子供のころ、紅茶はとても貴重なものだった。

母が大好きだったので、時々、飲んでいたものの、そんなに多くの茶葉を手に入れることができなかったのを記憶している。

今もこうした外国人居留地以外ではそう簡単に手に入るものではない。

かぐわしい紅茶の香りが漂う応接室の隣には彼の書斎、廊下を挟んだ向こうは台所と食堂があり、二階は彼の寝室の他に、使用していない部屋もいくつかある。

皿にのせたあんパンをつかみ、幸せそうにほおばっている伯爵の前に座り、佳依は自分用のカップに手を伸ばした。

午後、ふたりで紅茶を飲みながらあんパンを食べる時間……。こうしていると夢のような気持ちになる。

「日本の暮らし……慣れましたか?」

「ああ」

カップを置き、伯爵はほほえんだ。

「毎日がとても楽しいよ」

それは日本だから? それとも人間の暮らしが?

「困ったことは?」

「特には」

優雅に紅茶を飲んだあと、伯爵はパンからスプーンを使って餡《あん》をとりだすと、膝に乗った黒猫にパンの部分だけを食べさせた。

「言葉も平気ですか?」

身を乗りだして問いかける佳依に、伯爵はふわっと微笑した。

「その件に関しては少しとまどうことがある。日本語がうま過ぎてびっくりされるので、少しばかりわからないふりをしているのだが、これはこれで面倒だな」

「そうですね、あまりお上手だと、怪しく思われるかもしれないです」

彼がここにいるのは、一応、罰ということになっている。

あの遊園地で佳依は彼の風船を手にしかけた。永遠に彼といる覚悟をして。けれど彼は風船を放ち、佳依をこちらの世界にもどしてしまった。

その結果、死神の世界の規則を破ったということで、数十年、こちらで人間として生きる罰を与えられたらしい。

『では、ぼくが死ぬときまで一緒にいられるんですね』

説明を聞いたとき、そう問いかけると、伯爵は『多分』とうなずいていた。

『初めてのことなのでよくわからないのだが、おそらくそういうことなのだろう』

人間として生きるため、死神の力は一切使ってはいけない——ということらしいが、どうもその境界線が曖昧《あいまい》で彼自身もとまどっているようだ。

気が遠くなりそうなほどの長い間、彼は死神としての役割を果たしてきた。

そうした歳月のなかで自然と身についた知識や能力もあり、それ自体は死神としての力と関係ないらしい。

『人間の生と死……それにだけは関わってはいけない。といっても、多少のお目こぼしはある。船のなかでのようなことは大丈夫のようだよ』

船のなかとは――フランスから東京までの船旅の途中、スエズ運河を抜けたあたりで感染症患者が出て大変な騒ぎになった一件のことだ。

佳依や勇舞をはじめ、日本からの一行は全員フランスで予防接種を受けていたので感染の心配はなかったが、他の乗船客の間で多くの感染者が出てしまいそうになったとき、伯爵は感染ルートの遮断《しゃだん》や予防を船長に進言し、おかげで多くの死者が出ずに済んだ。

くわしいことは佳依にはわからないが、船医でさえ気づかないことや普通の医師ではわからないことも熟知しているとして、船長たちに不思議に思われた。

結果的に伯爵が彼らの記憶を消したので、何事もなかったことになったのだが。

『今回は、私の経験と知識によるものだ。直接、死神の力で誰かの生死を左右したわけではないので、問題はないと思う』

伯爵はそう言っていた。

『問題があったらどうなるのですか?』

佳依の質問に、伯爵は少し考えこんだあと、じっとこちらを見つめて言った。

『そんなことはしないよ、きみと過ごすためにも』

その甘い眼差しが胸に心地よい疼《うず》きを与えた。

あの遊園地にいたとき、伯爵はこんな目をしていなかった。最初は無機質な鉱石《こうせき》のような印象だった瞳が、会うたび、少しずつではあったけれど、表情らしきものを漂わせ始め、人間になってからははっきりとした感情が伝わってくるようになった。

それでも彼の力——他人の記憶を消すことができる能力や多数の言語を一瞬で理解できる能力に触れるたび、やはりこのひとは人間ではないのだということを痛感せずにはいられない。

といっても、そんな彼の力は佳依と勇舞には作用しないらしい。

ふたりとも一度あの世とこの世の境を行き来し、伯爵の正体を知ってしまったため、その力は効かないとか。

(だとしたら、ぼくと勇舞に……なにか違うところが出てきたりするんだろうか)

それを考えると、ふっと不安の影が胸をよぎるときがある。得体の知れないものに呑みこまれそうな不安とでもいうのか。

(もし……伯爵が死神の力を使ったら?)

そのとき、彼はどうなるのか。一体、誰が彼のことを管理しているのだろう。

誰が彼に罰を与えたり、お目こぼしをあたえたりしているのかわからないけれど、ものすごく大事なことのような気がして不安になる。

そんな佳依の不安をよそに、伯爵は二つ目のあんパンを手にとり、半分に割って片方を佳依に差しだしてきた。

「それにしても人間社会というのはおもしろいな」

「おもしろいって、どんなことが？」

当然のようにあんパンの半分を受けとりながら訊きかえすと、伯爵は少し首をかたむけてなにか考えこむようにしたあと、再びスプーンを使ってパンの間から餡をとりだし始めた。

「感情がたくさんあって驚いている。それに支配されている。不思議だ、うれしい気持ちや悲しい気持ちがあふれるように存在している」

それは死神だったときから気づいていたのでは？　と思ったけれど、人間になって改めて認識するのとは違うのだろうか。

この世の人間のすべてを知識としてわかってはいるものの、実際の体験としてはありとあらゆることが初体験で、ちょっとしたことに驚いてしまうのだろう。まるで生まれたばかりの赤子が一気に大人になったような、そんな無垢《むく》さを彼から感じるのだ。

「そうだ、佳依、たのみがある」

紅茶を飲み干すと、伯爵は膝にのった黒猫にパンのかけらを食べさせながらちらっと向かいに座る佳依に視線をむけた。

「たのみ？　ええ、ぼくにできることなら」

「明後日《あさって》も例の女子校でフランス語の特別授業をたのまれたんだが、助手としてつきあってくれるか？」

「え、ええ、もちろんです」

ふだん彼は男子校でフランス語を教えているが、先週から、新しくできた女子修学院《しゅうがくいん》での臨時の講師をたのまれている。これまで担当をしていたフランスの婦人が怪我をしたので代理で。ただ女子修学院に外国人の男性一人で教えに行くことに反対する父兄《ふけい》も多いらしく、当初は事務員が顔を出していた。だがやはりフランス語がわかり、かつ教材作りの手伝いもできる人間の方がいいということになり、日本人の佳依に助手としてきて欲しいとのことだった。

「語学の教師ってどんな感じですか？」

「きみは堪能《たんのう》だが……日本人は基本的に外国語の学習に向いていないようだな」

「それは下手ってことですか？」

「ああ、全体的に」

伯爵は残念そうにうなずいた。

「英語の発音もフランス語の発音もおかしい」

「まだ開国したばかりで、慣れていないんですよ」

「そのせいかなかなか心をひらいてくれない。私の外見が異質だからというのはわかるが」

少し切なそうにしている伯爵にもうしわけない気持ちを感じた。

そうだ、伯爵は日本にこなければ別に異質ではない。フランスにそのままいれば彼はフランス人として普通に人間の中に溶け込み、違和感なく暮らせただろう。

けれど日本にいると彼の外見はどうしても目立ってしまう。

「日本はどうして鎖国《さこく》をしていたんだ？」

どうしてと言われてもよくわからない。一応、高等小学校までは出ているが、それ以上の学歴はないのだ。日本の歴史もたいしてくわしくはない。

「キリスト教の流入や外国人の支配を恐れたからと習った記憶がありますが、あまり学校に行ってないので本当のところはよくわからないんですよ」

「それなのにきみはフランス語が達者だな」

「ええ、前にお話ししたように母がフランス語の絵本を持っていたので」

それを読みたかったから勉強したのが発端《ほったん》だ。だとしたら、語学というのは無理に勉強するものではなく、何か目的があって勉強した方が身に付くのかもしれない。

それに、フランスに行くまで実際のところさほどフランス語ができたわけではない。必要に駆られて、船の中で勉強し、現地で実際に使って身に付いていった気がする。

そういう意味では能楽と変わらない。

子供の頃から当たり前のように稽古をし、少しずつ少しずつ難しいことを段階を踏んで学んでいくうちに気がつけばかなり上達しているという感じだ。

「語学は実践が大事なので、ぜひ女学生たちとも身近な話題で会話をしてみたらいかがでしょうか。テキストを使うよりはずっとその方が覚えられると思うんですよ」

「なるほど。それはいい考えだ」

伯爵はうれしそうに微笑《ほほえ》んだ。

「で、身近な話題と言うのは何がいい？　日本の女学生はどんな話題が好きなんだ？」

女学生の好きな話題なんて自分にもわからない。

「もしかしてわからないのか」

「え、ええ。でもあなたこそ死神なのにわからないんですか」

ふたりして押しだまったまま呆れたような眼差しで互いを見つめあう。

「きみが言い出したんだから何かいい思いつきを口にしてみろ」

「あなたの授業じゃないですか」

「それはそうだが……」

困ったな……といった様子で、猫にほおずりをしている伯爵に佳依は息をついた。そのとき、ハッといいことを思いついた。

「そうだ、明日の朝、稽古のときに勇舞に尋ねてみます。彼はぼくと違って女性に人気があるので、どういう話題を出したら相手が楽しんでくれるか、きっとぼくなんかよりも知ってると思うんですよ」

われながらいい案だと思って笑顔で口にした佳依だったが、伯爵はとても残念そうな顔でじっとこちらを見つめてきた。

「きみは女性にモテないのか」

「ええ、まったくご縁がなくて」

そもそもあまり若い女性と話したことすらない。能楽の流派は男性ばかりだし、宗家で雑用の仕事を手伝っていたときも、周りには祖母と呼んでいいくらいの年齢の女中しかいなかった。

「では、ご縁があったら私よりも好きになるのか」

一瞬何を言われてるのかわからず、佳依はキョトンとした顔で彼を見つめた。

「きみは自分がよくわかっていないようだな。知ってるか、私の生徒たちがきみが出る舞台の切符をやたらと欲しがっているというのを」

「……？」

「男も女もみんながきみをご贔屓《ひいき》にしたがってるんだぞ。きみ宛に花代《はなだい》を出したいと言っている婦人も多いらしい」

「それは困ります。うちの宗家はあくまで異母弟《おとうと》ですから。花代をいただけるのでしたら、それは異母弟に」

佳依はまじめな顔で返事をした。

「きみは本当に鈍感な人間だな。自分がモテていることに気づいていないのか？」

やれやれと伯爵は肩で息をつき、黒猫に話しかけた。

「この日本人は、人間のくせに死神よりも色恋沙汰についてよくわかっていないらしいぞ。

……私にやきもきさせるとは、生意気な人間だと思わないか？」

するとと黒猫がみゃあと可愛い声で返事をする。

「やきもき？」

えっ、なんでも知っているあなたがなぜ――？

きょとんとした顔のままの佳依から視線をずらすと、伯爵は黒猫を床に下ろした。

「いい、それ以上はなにも言うな」

伯爵はさらに集めた餡をスプーンにとってパクッと口に入れた。

そして噛み締めるように味わったあと、ちらっとテーブルに残った最後のあんパンに視線を向けた。

「もしかして中身の餡子だけ食べたいんですか？」

スプーンを口に咥《くわ》えたまま、伯爵がこくりとうなずく。

「餡子、お好きなんですか？」

じっと佳依を見つめ、もう一度、伯爵がうなずく。

ふとあの遊園地での時間がよみがえってくる。日本の菓子も味わいたいと話していた時間の楽しかった思い出。こんなにあんパンの餡を好んでくれるなんて思いもしなかった。

「じゃあ、ぼくがパン生地《きじ》をいただくので、伯爵、こし餡だけ食べます？」

「いいのか？」

子供のように喜ぶ姿に、佳依はつられたように微笑した。

そういえば、餡子はフランスにはないものだ。あの遊園地で売っているお菓子も和菓子はない。だからとてもめずらしいのだろう。

「ぼくはパンがとっても新鮮なんですけど、伯爵はこっちなんですね」

パンから出した餡をさらに載せて渡すと、伯爵は「ああ」と笑顔でうなずいた。

「伯爵の考え方や言葉……ぼくがこんなことを言うのは失礼かも知れませんが、とても純粋で愛らしい感じがして、一緒にいると気持ちが清らかになります」

「純粋で愛らしい？　私が？」

「はい、さっきのボタンもなにもかも。普通に生きていたら当たり前のことで、見過ごしてしまうようなことですが、伯爵と話していると、ああ、そうなんだ、たしかにそうだと思うことが多くて。そういう感動って……心をとても綺麗にしてくれる気がするんです。このパンの味もそう、改めて新鮮に感じられます」

「パン、そうだ、パンといえば、あれも食べてみたい」

伯爵はハッと思い出したように言った。

「前に言ってただろう？　フランスでバゲットサンドを食べたとき、日本の梅おにぎりという食べ物について」

とってもおいしかったジャンボン・ブールというサンドイッチのことだ。

噛み締めたとき、じゅわっと口のなかに広がっていったバターとパン生地の旨味《うまみ》は今も忘れられない。

「知識として知っているが、食べたことはないとおっしゃっていましたね」

「そう、それを味わってみたい」

「すごい進歩ですね、食べ物なんて動力要素だと言っていたお方が」

佳依は少し冗談めかして言った。

「たしかに食べ物というのは、人間にとっての動力要素であることに変わりはないが、同じ要素でも上質のものとそうじゃないものだと、機械だって動きが違うじゃないか。だからおいしいものに興味があるんだよ」

言われてみればそうかもしれない。

「機械のことはわからないですけど、たしかにいい生地でできた着物とそうじゃないものは違いますし、質の良い木を使ったお舞台は格別ですから、そうしたものかもしれませんね」

納得したように返した佳依を伯爵は目を細めてじっと見つめ、そっと手を伸ばしてきた。そしてしみじみとした口調で呟く。

「とても好ましいな、きみのそういうところ」

どうしたのだろう、急に。手のひらでほおを包まれ、佳依は思わず緊張して息を詰めた。優しい皮膚の感触がほおに伝わり、鼓動が昂《たかぶ》ってくる。

「きみは、私のことを純粋で愛らしいと言うが、私からすればきみこそ純粋で愛らしい生物だよ。私が発見したことを一緒に感動したり考えたり。そんなことは当たり前のことだと突き放さない。そういうきみだからこそ、私は人間になって一緒にいられることが幸せなのだよ」

改めてそんなことを言われると、じんわりと瞳の奥が熱くなってくる。

佳依は目を閉じ、その手に自分の手を重ねてほおをゆだねた。

彼が手袋をしていたときには感じることのできなかった体温が伝わってくる。手首のあたりのわずかな脈動も感じる。

彼が生きている。はっきりと彼の「生」を感じることに幸福感がこみあげ、瞳が潤む。

と同時に、あの遊園地で彼の風船を摑めなかったときの絶望と恐怖がよみがえって怖くなる。

風船のひもにたしかに指先が触れたはずなのに、虚《むな》しく宙を摑んでいた。

彼が空に飛ばしてしまって摑めなかったのだ。佳依の人生を思って、佳依のために、彼はそれを手放した。その気持ち、その深い愛に喜びを感じる一方で、もう手放したくないという想いでいっぱいになる。

この手、このぬくもり、この脈動、この感触、これがあればもう他にはなにもいらない。

どうかこの生活がずっと続きますように。どうかどうか――。

2

「――えっ、女学生の好きなことが知りたい？　なにそれ」

翌朝、宗家《そうけ》に行き、朝の稽古《けいこ》の前に勇舞《ゆうま》に尋ねると、彼は呆れたように息をついた。

「まさか女学生を弟子にするの？」

「いや」

「じゃあ、知らなくてもいいよ、そんなこと。いつもよりずいぶん早くきたと思ったら、そんなことが訊きたかったの？」

「早くきた理由はそれじゃないけど……とにかく、そう言わず、何でもいいから教えてくれないかな。ぼくは話をしたこともないんだから。稽古のあとにでも」

勇舞の横を通り過ぎ、佳依《かい》は厨房《ちゅうぼう》にむかった。炊き立てのご飯と梅干しをとりだす。

「台所でなにしてるの？」

佳依のあとを追うようにしてやってきた勇舞が興味深そうに柱の陰から声をかけてくる。

「梅のおにぎりを作るんだ」

「……自分の分？」

「伯爵《はくしゃく》が食べたいって。だから早くきたんだ」

佳依が梅干しの果肉をしゃもじで混ぜ、それを清潔な手でにぎっていると、勇舞が近づき、ひょいっとできあがったばかりの一個を手にとる。

「あっ」

一瞬の早技だった。パクッと口に含んで呑みこんだあと、勇舞は感動したように声をあげた。

「わあ、おいしい。異母兄《にい》さん、こんなの作れるなんてすごくない？」

「おにぎりくらい別にたいしたことないよ」

くすっと笑いながら、二個、三個と作って並べていく。それをまた手にとろうとする勇舞の口に、佳依はわざとひときわ大きな握り飯をグイッと押しこんだ。

「ちょ……異母兄さ……ん……」

声を詰まらせながらも、もぐもぐと噛み締めたあと、勇舞はあきれたように息をついた。

「最高、この握り飯、すごく美味《おい》しい。それにしても健気《けなげ》だな、あいつのためなら何でもするんだ。男なのに台所に立ったりして。男子、厨房に入らずって言われてるのにさ」

そう言いながらも、いつのまにか勇舞も箸《はし》を手にして、佳依を手伝うかのように梅をほぐしている。

けっこう器用そうだ。とはいえ台所で食事の支度など、彼の母親が見たら卒倒するだろう。

「ありがとう、これくらいでいいかな。ここに置いておくから食べたらダメだよ」

竹の皮で包み、厨房の片隅におくと、佳依は稽古場に急いだ。

「今日、寒いよ。あんなところに置いておいたら硬くならない？」

「伯爵のところで少し焼くから大丈夫だよ」

支度部屋で風呂敷を広げ、仕舞い用の袴《はかま》をとりだす。

「それはいい考えだね。あ、もしかして女学生の件も伯爵のため？」

隣で着替えながら、勇舞は眉間に深々としわを寄せた。

「うん、伯爵が知りたがっているんだ。女学生の語学力を向上《こうじょう》させるために、彼女たちの興味のあることを話題にしたほうがいいと思って」

「そう……伯爵がねえ。ちょっと待って、考えるから」

手にしていた扇《おうぎ》をくるくるとまわしながら、勇舞はうつむいた。

「わかった、じゃあ、その間に稽古の準備をしておくから」

着替えたあと、廊下の戸棚から稽古用の謡曲《ようきょく》を出していると、別の支度部屋から数人の弟子の会話がうっすらと聞こえてきた。

パリに同行していない弟子たちだ。不思議そうに勇舞と佳依の話題を口にしている。

「信じられない。いつのまに若宗家《わかそうけ》と佳依先生があんなに仲良くなってるんだ」

「さっきなんて男子の分際でふたり並んで厨房に立って、にぎりめしを作ってたぞ」

「パリでいろいろあったようですよ。若宗家が足を怪我して、佳依先生が代わりに『羽衣《はごろも》』のお舞台をつとめられたのがきっかけで」

「あれは新聞にも載っていたな。本物の天人のようだったと」

「若先生も大人になられたのでしょう。素直に佳依先生の実力を認められ、今では大事な相談役として頼りにされているようですよ」

「二人が楽しそうだと、流派の空気もよくなる。地方巡業もうまくいくだろう」

帰国後、こういう会話を耳にするたび、それまで二人のことで周りの座員がとても気をつかっていたのだと思い、申しわけない気持ちになる。

と同時に、それに気づかせてくれた伯爵との出会いに本当に感謝を抱かずにはいられない。

「異母兄さん、聞いて。いい案があったよ」

勇舞は扇子《せんす》の先で床をトンと叩き、佳依に声をかけてきた。

「昨今《さっこん》の女学生は、怪談が大好きなんだ。怖い話をすればいいよ」

「えっ、怖い話？」

驚いた声を上げる佳依に、勇舞は大きくうなずき、パタパタと扇をひらいて自分の顔をあおいだ。

「そうなんだよ、能楽《のうがく》の演目でよくある怨霊《おんりょう》の話とか、血まみれの平家《へいけ》の武将の話とか。ああ、そうそう、小泉八雲《こいずみやくも》先生の話なんかがいいんじゃないかな」

勇舞は書棚から『怪談』という本をとり出した。

「このなかの、耳なし芳一《ほういち》や食人鬼《じきにんき》なんか、とってもいいんじゃないかな」

ぱらぱらと本をめくり、勇舞は満足そうな顔で目次をひらいた。

「そうなんだ、今の女学生はすごいね」

本を受けとり、佳依は首をかしげた。

「異母兄さんが日本語で読んで、伯爵がフランス語で話せばいい。異母兄さん、すっごくモテるようになると思うよ」

嬉しそうに勇舞はとんとんと閉じた扇子の先で佳依の肩をつつく。

「いいよ、モテなくて。でも喜んでもらえたらうれしいね」

「能楽師の誇《ほこ》りをかけて、思いきっきりおどろおどろしく、臨場感たっぷりに読むんだよ。女学生は身の毛もよだつような話が大好きなんだ。ついでに、この能面《のうめん》を使えばいいよ」

勇舞は今は使っていない壊れた能面を出した。怨霊用の鬼面《きめん》だった。

「へえ、明治の女学生はすごいね、こんなものを好むようになったんだ」

「そう、これも文明開化だよ」

「ありがとう、勇舞。やっぱりおまえに相談してよかったよ」

「いいよ、異母兄さん、おれ、異母兄さんの役に立てたらとってもうれしいんだ。流派のみんなも喜んでいるよ、おれたちが仲良くなったことで」

「うん、そうだね。本当によかった。勇舞とこんなふうに話せるようになって」

笑顔をむけると、勇舞はふっとおかしそうに鼻で笑った。

「異母兄さんのそういうとこ、おれ……やっぱりすごく嫌いだ」

「えっ」

「悔しいほど綺麗なんだよな、死神が好きになるのもわかるよ」

佳依の肩に手を伸ばして自分に抱き寄せた。

「勇舞……」

「大丈夫、異母兄《にい》さん、ちゃんとここにいるね」

「どうしたんだ、勇舞」

「連れていかれないでね」

「本当にどうしたんだ？」

さっきまでの笑顔を消すと、勇舞は周りに人がいないことを確認し、そっと佳依の耳に顔を近づけてきた。

「連れて行かれそうになってない？」

「え……」

「伯爵に……あの世に」

どういうこと？　わけがわからず佳依は目をパチクリさせた。

「おれ……これを読んで心配になったんだ」

深刻な様子で戸棚の鍵を開け、桐《きり》の箱から糸で綴《と》じられた分厚い謡曲本を出すと、勇舞は佳依に渡した。

「これ……宗家に伝わる……」

佳依はぱらぱらとページをめくった。宗家が次の宗家に託《たく》す一子相伝《いっしそうでん》の謡曲本だった。他の人間は見ることができない秘曲がしたためられている。

室町時代から伝えられている大切な演目だ。

「これは……ダメだ、ぼくが見ていいものじゃない」

どうして彼がこれを見せようとするのか、伯爵となにが関係あるのかわからずそっと返そうとした佳依に、勇舞は首を左右にふった。

「わかっている。でもどうしても目を通して欲しくて。異母兄さんがこれを利用して宗家を乗っ取ろうとするとか、そういうことがないのはわかっている。信頼して、一晩貸すから、そこにある『冥祭《めいさい》』の謡曲、読んで欲しいんだ」

いつになく勇舞の真剣な様子に、佳依は不安になった。

「それ……伯爵のことじゃないかと思うんだ」

伯爵のことがどうして室町時代の謡曲に……。

思いもよらなかったことに戸惑っている佳依に、勇舞は確信のある表情でこくりとうなずいた。その深刻な眼差しに、生半可《なまはんか》のことではなく、彼が本当に大事だと思ったからこそ、読めと言ってきているのだけはわかった。

これが伯爵のことではないか——と勇舞が鍵と箱ごと貸してくれた本を、その夜、伯爵のところから帰ったあと、佳依は紐解《ひもと》いた。

勇舞が貸してくれた本に書かれていた謡曲は、明治以降、保月《ほうづき》流で一度も上演したことのない『冥祭』という作品だった。

それは闇から現れた冥府《めいふ》の神が人間界で過ごす祭の物語だ。

冥府の神は、各地の祭の場に必ず現れる。そこで死者たちを迎え、人間たちがいなくなったあとの祭の場で、一夜かぎりの冥府祭をひらく。

そしてある冥府祭の夜、神は一人の巫女《みこ》と出会う。

人間の巫女に一目惚れした冥府の神は、冥界の掟《おきて》を破り、その巫女を人間の世界にもどしてしまう。死者の国の食べ物を食べてしまった巫女は本来なら生者《せいじゃ》の国にもどれない。

(死者の国の食べ物……イザナギとイザナミの話も混ざっているのか)

巫女を助けたことによって、冥府の神は消滅してしまう。冥界の掟を破ったため。

一方、巫女は結局人間界に戻っても、冥府の食べ物を口にしたとして、不思議な力を宿してしまい、人間社会に馴染めず、そのまま冥府の住人となる。


（これは伯爵とぼくのこと……なのか？）

伯爵は佳依を助けた。

その罰で人間となったと言っていた。消滅はしていない。

ただ本来なら、佳依はあの遊園地の住人になっていた。

もしここに書かれているようなことがあの世とこの世の決まりごとであったなら。

佳依は人間社会に馴染めず、結局、あの世の住人になるのではないのか？

（この謡曲は……原作者不明になっている。室町時代に、ぼくと同じようなことを経験したひとが流派にいたのだろうか）

それともただの創作なのか。

だけど勇舞はこれがさも現実のことのように心配していた。

翌日、本を返して尋ねてみようと思ったが、横浜で急な公演が入ったため、数日、留守をするとかで勇舞と話をすることはできなかった。

一応、桐の箱にいれて元の場所にもどし、鍵を彼の部屋に置いておいたが。

（今度、時間のあるとき、じっくり話してみよう。伯爵にも話したいけど、一子相伝の本の内

容を彼に話していいのか、勇舞に確認してからでないと）

そんなふうに思いながら、伯爵のところにいくと、その日は、以前に頼まれていた女子校でのフランス語の授業の日だった。

「今日は皆さんが大好きなとっておきのお話をもとに、フランス語の勉強をします」

佳依は勇舞から言われたように鬼面を使って、おどろおどろしく「耳なし芳一」を資料にして女学生に授業を行った。

佳依が話す日本語を、伯爵がフランス語に翻訳《ほんやく》するというものだったが、どうも女学生からは大顰蹙《だいひんしゅく》をかい、佳依は変な人という認定をされてしまった。

「なんか最悪……あの佳依先生って好きになれないわ」

「本当、あの先生、とても性格が悪いわね。あんな話を題材に選ぶなんて」

女学生たちから一瞬で嫌われたらしいことはわかった。

「すみません、ぼくの技術が足りなかったのですね。勇舞ならもっと上手にできたかもしれないです。ぼくは、戦国武将の役とかはあまり得意ではなくて」

真剣に伯爵に謝ったのだが、彼には大爆笑されてしまった。めずらしく声をあげて笑っている姿に、佳依がきょとんとしていると、伯爵は笑いながら抱きついてきた。

「ああ、おかしい。きみの異母弟《おとうと》、とても素敵だね」

「え、ええ、とてもいい子ですよ。帰国してからはずっといい関係が続いています」

「本当にいい関係だ。彼はきみのことが本当に好きなんだね」

「そうですか？　わかりますか？」

だったらとてもうれしいのだが。

「わかるよ、勇舞くんの気持ちが私にはとてもよくわかる。きみに『耳なし芳一』をおどろおどしく演《や》れとすすめるなんて、彼、本当に素晴らしい感性の持ち主だよ」

「でも……力不足で……女学生から嫌われてしまいました」

佳依はがっくりと肩を落としたが、伯爵は「でもフランス語は前より上達したようだ」と笑顔で返した。

「ただきみの評判はガタ落ちだ。もっともそのために勇舞くんはその作品をすすめたんだが」

「嫌われるためにですか？　どうして」

「まあまあ、いいじゃないか。次は別の題材にすればいいんだし。さあ、帰って、黒猫とご飯を食べよう。勇舞くんには今度お礼をするよ」

なんとも釈然《しゃくぜん》としないが、伯爵がそう言って満足しているのなら、それでいい。あくまで佳依は彼の助手なのだから。

納得しないながらも無理に自分に言いきかせ、伯爵と女学校を出ようとすると、門の前で数人の女学生から声をかけられた。

「ラ・モール先生、次はダンスの授業ですよ。楽しみにしていますね」

伯爵は女学生たちからすごい人気のようだ。

「先生、すごく素敵。外国の王子さまみたい」

「でも不思議、ヒゲもなさそうだし、生きている人じゃないみたい」

さすがに女学生たちは鋭い。実際、彼は体温や鼓動はあるものの、髪もヒゲも爪も伸びてはいない。

「それは私がヴァンパイアだからだ」

伯爵が楽しそうに言った。

「え？　ヴァイパイアって？」

「そうか、まだ日本では浸透していないのか。吸血鬼のことだよ。美女の血を吸って不老不死の生きる怪物」

「先生が……ですか」

「ああ」

「それはないですよ、先生、怪物には見えませんから」

「先生、いきなりどうしたんですか、変なことを言い出して」

「……変なことか」

伯爵は肩で息をつき、女学生たちの肩に触れた。

するとそれまではしゃいだ笑顔を見せていた女学生たちが急に無表情になり、そのままくるっと二人に背を向けて学舎に足を進め始めた。突然どうしたのだろうと不思議に思っている佳依に、伯爵は耳打ちしてきた。

「大丈夫、記憶は消した。今の会話は彼女たちの頭から消えているはずだ」

「死神の力は……使わない約束では？」

伯爵は数十年の人間としての時間をもらった。条件は、死神の力を使わず、人間として生きることだ。

「それはわかっているのだが。どういう会話をすればいいのか、彼らにどういう行動を取ればいいのかわからないときがあるのだ」

「では、今の変な会話も？」

「一応、生徒に打ち解けてもらおうと思ったんだが、私は少しズレているらしい」

確かにその通りだ。王子さまみたいな美しい容姿をしているので、彼に憧《あこが》れる女学生たちは多い。でもズレた会話をして、場の雰囲気をしらけさせてしまうことも多いらしい。

学校の職員や使用人、生徒たち周囲の人間も、伯爵が外国人なので変なのだと思っているのだが、実は死神だから変なのだと知ったらさぞ驚くだろう。

「あの方、外国人なので変わっているんですね」

よく耳にする。それだけではないけど。その説明をするととんでもないことになるので、知らんぷりしてそうだということにしておいた方がいいだろう。

「伯爵、いいじゃないですか、とりあえず外国人だからでごまかしがきいているんですから。それより前向きに考えましょう」

帰り道、佳依が言うと、伯爵は「そうだな」とうなずいた。

「ああ、外国人といえば、先ほど学生たちが言っていたように、月末の授業でダンスを教えることになった。理事長からじきじきに頼まれて。花見のときに舞踏会をひらくらしくて、それまでに踊れるようにと」

「ダンス……西洋式の？」

「そうなんだ。佳依、手伝ってくれるか？」

「ぼくが？　西洋式のダンスなんて知りませんよ」

「でもパリで見たことはあるだろう」

たしかに見たことはあるが、踊ったことは一度もない。そもそもこの足でダンスのステップを踏むことはできない。

「きみ、能楽師だろう？　ダンスのプロじゃないか」

「能楽の舞と西洋のダンスは違いますよ。それにぼくは足が」

はたからはわかりにくいが、こうして歩いていてもやはり少しひきずってしまう。

「私がリードする。女学生の参考になる程度でいいんだ」

「リードって」

「助手として少し手伝ってくれるだけでいい。女学生と踊れとは言ってない」

「ああ、助手の仕事ならやりますよ」

「それにしても、人間活動というのはいろいろと課題が多くて大変だな」

「ダンスは人間活動の課題とは思わないですが」

佳依はくすっと笑った。

「他になにかご希望は？」

「梅おにぎりも食べたし……そうだな」

うーんと腕を組んで考え込んだあと、伯爵はハッと天を見上げた。

「あれだ」

伯爵が上空を指差す。つられたように佳依は空を見あげた。特になにもない。どんよりとした重々しい冬の雲が垂《た》れこめているだけだ。今にも雪が降りそうな気配を感じるが。

「あれだ、あれが見たい、空に咲く美しい花が」

「空に？」

「花火だ、花火」

「花火、知らないのですか？　パリにもありましたよね」

「知ってる。だが、少し違う、女学生が持っていた風呂敷に描かれていた。日本の夏の風物詩じゃないか」

「え、ええ、そうですが」

万博《ばんぱく》のとき、フランスで花火らしきものを見た気はするが、あまり記憶にはない。

「見てみたいんだ、夜空にきらきらと煌《きら》めくものを。きっとあの観覧車のように綺麗なのだろうと思って」

幻の光でも見るように空を見あげる伯爵の横顔に、佳依はハッと顔をこわばらせた。

なつかしいものでも見るような、どこか遠い眼差し。穴が開くのではないかと思うほど、佳依は強くその横顔を見つめた。

彼が見ているのは、何処《どこ》なのか。東京の空ではない。日本の夏の夜の花火を想像しているのでもない。

夜、きらきらと煌めいていた観覧車、そしてあの遊園地……。

そう思った瞬間、ふっと彼の姿がモノクロームに変化し、透けそうになるように感じた。

色褪《いろあ》せた白黒の影絵のよう。

目を疑い、首を左右に振ると、彼の姿はいつも通りにもどった。

今のは錯覚だったのか、それとも――。

ふっと胸に不安の影のような言いしれぬ重いものを感じ、顔をひきつらせた佳依に気づき、伯爵は笑顔を見せた。その和《なご》やかな表情に佳依もつられて微笑する。

「あとは……そうだな、これも経験してみたい」

伯爵は佳依が身につけている黒いインバネスコートのケープの部分をひっぱった。

「このコートですか？」

「違う、その下だ。着物が着てみたい。日本の民族衣装を」

「ああ、それは面白そうですね。呉服屋さんを呼んで仕立てますか？」

「いや、借り物でいい。きみのを貸してくれ」

「でも寸法《すんぽう》が違うから……せっかくだから作りましょう。ぼくが仕立てますよ」

「本当に？」

伯爵が驚いたように問いかけてきた。

「ええ、作らせてください。あなたのために作りたいんです」

彼に着物を贈りたい。日本のものを着て欲しい。日本人のように。この国のものにもっともっと触れて欲しい。そう思ったとき、さっき、彼の横顔を見ていてふと胸の底を通り過ぎていったイヤな感覚の正体に気づいた。

（そうか……ぼくは……）

漠然と感じたあの気持ちの悪い不安は、彼が元の世界にもどりたがっているのではないか、慣れ親しんだパリの遊園地に還《かえ》りたいと思っているのではないかという疑念だ。

「伯爵にはきっと浅紫《あさむらさき》色や露草《つゆくさ》色、あるいは秘色《ひそく》と言われている青磁《せいじ》色も合いそうですね。あ、でも白と萌黄《もえぎ》色の生地《きじ》に、杜若《かきつばた》色の帯が上品でいいかもしれません。その美しい髪の色や瞳に映《は》えそうで」

わざとはしゃいだように言う佳依を伯爵はじっと見つめていた。

「す、すみません、自分ばかり先走って。なにかご希望は？」

「希望はない、きみに任せる。きみは着物のプロだ」

「でもせっかくですから」

「あ、それなら下駄《げた》が履《は》きたい。あの履物《はきもの》はなかなか面白そうだ」

伯爵は近くの商店の店頭に飾られた絵に視線を向けた。浮世絵が貼られている。

「それは江戸時代の花魁《おいらん》です。男性の下駄ではありません」

「男性はダメなのか？」

「ええ、男性が花魁の高下駄《たかげた》を履いているのは見たことがないです」

「そうか」

ガックリと伯爵がうなだれる。

「でも、そんなに興味がおありなら履物は下駄をみつくろいますね」

「あるのか？」

「花魁用はないですけど、男性用のちょっとした下駄なら」

「それでいい。ああ、楽しみだ、着物を着てきみと一緒に町歩きがしたい」
心底楽しみにしている様子の伯爵に佳依はほっとした、
さっきの不安は気のせいのようだ。モノクロームに見えたのもきっと気のせい。そうだ、彼の眼差しが遠く感じられたのもきっと――。

「――はい、完成しましたよ」

伯爵の要望に応《こた》え、佳依は彼に和服を用意した。白い襦袢《じゅばん》に、雲母《きらら》色から萌黄色に波のように変化していく絞《しぼ》りの絹を使った着流し。細帯は濃い杜若色にした。

暖炉《だんろ》のある彼の家の応接室で、黒猫に見られながら着付け教室をすることになった。

「絹というのは気持ちがいいものだな。いい香りがする」

着物をさらりとはおると、艶《つや》やかな絹に彼がほおを寄せた。

「絹くらいご存知でしょう?」

「こんなに濃い香りのする絹は初めてだ。この国はカイコの養殖《ようしょく》の技術がとても高いのだな」

そういうことか。考えたこともなかった。

「しっとりと肌に馴染む心地よさ。布から生き物の魂のぬくもりを感じる。この絹からは、生き物が命がけで産みだした糸に草花や鉱石から搾《しぼ》りだした色彩を加え、水に晒《さら》し、また草花で色を差し、多くの人の手がその技術によって変化させていった過程が感じられる」

愛おしそうに絹の感触を味わう伯爵の言葉がとても新鮮に思えた。生まれたときから当然のように身につけていたものが、こんなにも素晴らしいものだったと改めて実感し、着物を纏っている佳依の肌もまた生き物の魂のぬくもりを実感して心地よくなっていく。

「確かにその通りです。ありがとうございます」

気がつけば、そんな言葉を口にしていた。身のまわりにある当たり前のものが当たり前ではなく、とても尊いものだと感じられたことに感謝していた。

「ありがとうを言うのは私のほうだ。さあ、早く教えてくれ、これの身につけ方を」

「では、説明しますよ。本当に自分で着るんですか？」

「ああ、試してみたい。見本を見せてくれ」

佳依は言われるまま、自分の着物の帯をほどいて一から締め直して見せた。

「ええっと、こうか？　自分でやってみる」

だが、帯もうまくつけられず、今にもくずれそうな結び目になってしまった。しかも下駄を履いたとたん、重心《じゅうしん》の取りかたがわからないらしく、彼はひざからがくっと落ちてしまった。

「大丈夫ですか」

佳依は歩み寄り、彼に手を差しだした。

「意外と難しいのだな、この国の靴は」

「ええ、慣れないとそうかもしれないですね」

「あの花魁の高下駄というものはもっと大変そうだな」

「ぼくでも無理ですよ」

「そうか。まずはこの高さの下駄から少しずつ慣れよう、これも人間活動の一つだ」

伯爵は立ちあがってよろめきながらも下駄で歩こうとする。この高さから始めるということは、まさか本気で高下駄に挑戦する気なのだろうか。

「これでだいぶ人間らしく、いや、日本人らしくなったか？」
一、二歩進み、伯爵が問いかけてくる。
「いえ……まだまだです」

「そうか。大変だな、日本人になるというのも」

こういうやりとりをする時間はとても楽しい。

彼がまだ人間社会に慣れていないのがわかる。少し変なところがあっても、世間的には、異国の人間だから慣れていないと思ってくれるのも助かる。

「あ、危ないっ」

倒れかけた伯爵を佳依は支えた。

「……すまない」

「いえ」

見あげると、じっと伯爵が佳依を見つめてくる。佳依は彼にほほえみかけた。

「ありがとう」

そう言って彼は顔を近づけてきた。唇と唇が触れあい、当然のように佳依がうっすらと唇をひらこうとしたそのとき、伯爵がハッとした様子で顔をずらした。

「伯爵?」

「あ……いや」

彼がこわばったような表情をしている。

「どうしたのですか?」

「濃厚に触れあうのはやめよう……もしかすると、私はきみの生命を」

ひとりごとのように呟く伯爵の言葉を、佳依は訊き返した。

「え……今、何て」

うかがうように見る佳依に、伯爵は笑顔を向けてきた。

「いや、なんでもない、さあ、歩く続きを」

「なんでもないのに、やめようってどうして」

「たしかめたほうがいいかもしれない。それまでは……濃厚な接触はやめよう」

どうしたのだろう、急に。あれほど互いに触れあえることを喜んでいたのに。

「信じられない、ありえないことだと思うんだが……なにもかも初めてで戸惑っているんだ。

わからないことが多い」

伯爵は自分でもまだ収拾《しゅうしゅう》がつかないようになにか混乱した様子だ。

「時々、きみが朝日を浴びるとすぐに溶けてしまう雪や霜《しも》のように見えるときがあるんだ。不思議だけど」

彼の目にそんなふうに？

それならぼくも似たことが……と言いかけ、佳依はやめた。

「気のせいならいいんだが」

気のせいならいいことは、佳依のほうにもある。冬の空のように重々しいものが。

伯爵がモノクロームに見えたとき、その目がこの世ではなくあの世の観覧車を見ているように感じた残像が心に爪を立てたように引っかかったままだ。

そして勇舞が見せてくれたあの謡曲『冥祭』の物語――。

「この話はまた今度にしよう」

普通に人間同士として数十年を共にできると思っていたけれど、もしかして、なにか根本的に間違っているのだろうか。

そんな不安が大きく胸を覆《おお》っていた。

3

――春がすみ、たなびきにけり久方《ひさかた》の……。

三月になり、久しぶりの保月《ほうづき》流定例公演の場で『羽衣《はごろも》』の役を与えられた佳依《かい》は、パリと同じように自分が足の状態を克服《こくふく》できていることに気づいた。

たしかに重心がうまく取れない。が、それを感じさせずに動くことができる。

パリでの舞台をやり切るまで、この足では絶対に三時間もの舞台の主役を演じるのは無理だと思いこんでいたが、それを抱えながらも、いい舞台を演じることができるのだという実感を得た今、自分が囚《とら》われていたのは、すごく些細《ささい》なことだったのだと感じるようになった。

伯爵《はくしゃく》が与えてくれた『生』――その証《あかし》としてのこの舞台。

『愛しています。これからはずっと一緒です』

眩《まばゆ》いばかりの光に包まれた移動遊園地で、風船に伸ばした佳依の手は、紐《ひも》に触れたと思った次の瞬間、虚《むな》しく宙をつかんでいた。

どうして――――と、呆然とする佳依に、伯爵は澄んだ笑顔で言った。

『ありがとう、愛してくれて。きみの愛が私を救ってくれた』

あのとき、伯爵は佳依に『生』の続きを与えてくれた。

だから今の生活があるのだけど。

「すごいね、ますます冴えているじゃない」

舞台のあと、控室で面をとると、後ろから現れた勇舞《ゆうま》が感心したように言った。

「なんか突き抜けた感じ」

「そうだね、ずいぶん身体が軽くなった気がする」

定例公演は、一日に二演目、行う。保月流では、季節にあった作品と季節感のない作品と一演目ずつ選んでいる。『羽衣』は、本来は四月の演目だが、今回は万博《ばんぱく》での凱旋《がいせん》も兼ねているので、あちらで評判となった『羽衣』の公演を行うことになったのだ。

(伯爵が客席にいた。横正面の座席の一番後ろに……)

能面をつけるととても視界が悪いのだが、それでも意外と客席の様子はよくわかる。特に伯爵のような目立つ風情《ふぜい》のひとは。

「あ、これはおれが」

弟子たちが佳依がつけていた冠《かんむり》や能面《のうめん》をしまおうとしているのを止め、勇舞は袴《はかま》を正してそれの手入れを始めた。佳依とは逆に、彼は足の怪我を理由に今回の公演は裏方に徹《てっ》している。

しばらく松葉杖生活だった彼は、まだ本格的な稽古《けいこ》を始めたばかりだ。今のところ、来月の春の巡業で演者として舞台に復帰するらしい。

「宗家《そうけ》も母さんも不思議がっているよ。おれが道具の手入れをするようになったことに」

「父さんは喜んでいるだろう？」

「ああ。ありがとう、異母兄《にい》さん。それからこれまで本当にごめんね」

勇舞は佳依が『羽衣』で使用した純白の長絹《ちょうけん》を衣桁《いこう》にかけ、どこかにほつれや汚れがないか確かめていた。

「装束《しょうぞく》の大切さ、道具の手入れの大切さ、改めて実感しているよ」

彼の本質はこの素直さにあったのだと、帰国してから感じることが多い。パリで自《みずか》ら命を絶《た》とうとしたことがきっかけで、生まれ変わり、新たに人生をやり直している感じがする。

（同じように『生』をとりもどしたけど……ぼくはどうだろう、勇舞のように新たな『生』をこれほどまでに昇華《しょうか》できているようには感じない）

本来なら、どちらかが死んでいた。けれど伯爵のおかげで両方ともこの世にもどってくることができた。そして勇舞はもどってきた人生をきちんと重く深く受け止めて立派にやり直しているように見える。

「……異母兄さん……そういえば、伯爵、和服できていたね」

「ああ、似合ってたね」

「自分で着付けられるようになったんだ、すごいね」

「ぼくが教えたからね……あの……ところで、勇舞……あの物語だけど」

佳依はどうしてあれを自分に見せようとしたのか勇舞に問いかけた。

すると勇舞は深刻な顔で俯《うつむ》き、小声で話し始めた。

「あれ……多分、実話だよ。宗家が話していたことがあったんだ、遠い遠い昔、あの世とこの世の境からもどってきた先祖がいたんだけど……あの作品を残したあと、結局、現世で生きることができなくて、あちらの世界に連れ去られたって」

「本当に？　うちは古い家系だから、かつての小野篁《おののたかむら》みたいにあの世にいって能楽を学んだ先祖がいたとか、物語の相談をしたとか、不思議な言い伝えは聞いたことがあるけど」

「なかには信憑性《しんぴょうせい》のないものも混じっているけど、わかるんだ。あの物語は本物だって」

「わかるって……」

「おれ、いったん死にかけたせいか……何かあれから余計なことがわかるようになってさ」

「え……」

「特別になにかが見えたりするわけじゃないけど、『冥祭《めいさい》』という演目は、おれたちの先祖が実際に冥界《めいかい》の神と出会った経験から描いた物語なんだ。それだけははっきりとわかる」

冥界の神……。

「伯爵と同じような存在か」

伯爵はパリにはパリ、日本には日本にそれぞれ、あの移動遊園地のような場所が存在すると言っていたが。

「おれが心配しているのはさ、異母兄さんが連れて行かれないかだよ」

「それはないよ。だって伯爵は生きて生きて生き抜けって言って、ぼくを冥界の住人にしなかったんだよ」

「伯爵が連れていくんじゃないよ、おれが心配しているのはもっと漠然とした運命みたいなもの。あそこに書いてあったじゃないか。冥界の掟《おきて》を破った冥府の神は消滅し、代わりに冥界の食べ物を食べた巫女《みこ》が冥界の神になったって」

勇舞のその言葉に佳依は顔を引きつらせた。

「もしかして……伯爵が消えてしまうかも?」

「思い当たることでも?」

「……いや、いい」

佳依は首を左右にふった。はっきりとそうだと思い当たることはないけれど、この前、ふっと彼が透けそうになった気がした。まさか。

漠然と不安を感じた翌日、はっきりとそれが形になる出来事があった。

フランス語の授業に行くと、佳依と伯爵の目の前で女子修学院の校長先生が倒れた。

校長先生が運ばれた先は、築地病院《つきじ》だった。

朝からの雪で事故が起き、往診に応じる医師が出払っていたため、病院に運ぼうということになったが、女性の職員しかいなかったため、馬車の乗り降りに伯爵が付きそうことになり、助手の佳依も手伝うことになったのだ。

「こちらへ。ここは最新の設備がありますので安心ですよ」

到着すると職員がそんなことを言っていた。

この辺りではあちこちで新しい建物が建てられているが、今、一番注目されているのは、伯爵の家からもそう遠くない場所にある築地病院だ。アメリカの宣教師が建てたらしい。

校長先生を医師に任せ、帰ろうとすると、佳依は違和感を覚えた。

よくわからないけれど、生きている人間と生きていない人間が両方見えるのだ。しかも今にも亡くなりそうな人間も。

「見えるようになってしまったのか？」

伯爵が不思議そうに訊いていた。

「はい、あの……あそこの人の苦しみや痛みも」

一人、年老いた女性のベッドの横に立っている死神らしき人物の姿も見える。

「彼はこの国の死神だ」

黒い袴姿の男性だ。長身のその男性に気づいている者は、伯爵と佳依以外に誰もいない。

「彼と話をしてくる。きみもおいで。私から手を離さないように」

伯爵は佳依の手を取ってそこに向かった。ベッドの脇の通路を通っていったそのとき、近くの寝台にいた若い女性が急にパニックを起こした。

「ここ……ここ……この部屋に死神が三人もいる。いや、怖いっ」

いきなり暴れ、泣き叫ぶ女性のベッドに看護師が驚いた様子で駆け寄っていく。

「落ち着いてください、どうしました」

看護師が若い女性を押さえつける。

死神が三人――――?

伯爵と、あの黒い着物姿の男性……他には誰もいない。まさか自分?

恐ろしい想像に佳依が愕然としている前で、その黒い男性が看護師と女性に近づき、そっと彼女たちの背に手を伸ばした。ふわっと黒い影のようなものが彼女たちを包んだかと思うと、今までのことなどなかったかのように、看護師も患者も無表情になった。

「記憶を消したらしい」

伯爵が耳打ちしてきた。あの黒い男性も伯爵と同じ能力があるのか。

「連れて行くのか?」

伯爵が問いかけると、黒い男性は立ち止まった。黒い影のように見えたのは遠くからで、実際はとても美しい日本人青年だった。艶《つや》やかな黒の長髪、妖艶《ようえん》な美貌をしている。

「いや、この若い女性も看護師も連れて行く予定はない」

「ではそちらの年輩の女性を連れて行くのか」

「彼女もまだ」

「きみはこの国の死神か」

「西洋の死神か。あなたと同じ仕事をしている。名は、死郎《しろう》とでも」

「今は仕事はしていない。人間社会の体験中でね、きみとは違うよ」

「なら、ここはあなたのくる場所じゃない。話しかけないでくれ、仕事中だ」

「わかっている。ただどうしてその女性を連れて行かないか気になって」

「この女性はまだ連れて行く段階にはきていない」

死郎が冷ややかに答える。

「苦しんでいるのに？」

「苦しんでいても、まだ寿命ではない」

二人の会話が佳依にははっきりと聞こえる。だが、看護師たちも、十名ほどの患者も彼らの会話に気づいていないようだ。むしろ三人がここにいることすらわかっていない様子だ。

――伯爵はわかるけど……どうしてぼくまで。いや、勇舞が言っていたように、そういうことなのか？

自分たちは一回死にかけた。冥府《めいふ》の住人になりかけたから。

薄々気づいていながらも、わかっていなかったその事実に呆然としている佳依に、老齢の女性が手を伸ばしてきた。苦しそうだ。胸になにか病気があるのがわかる。ガンだ。

思わず佳依はその女性の手をにぎった。痛みと絶望が伝わってきて苦しい。

「彼女の痛み、苦しみをとりのぞくことは可能ですか?」

「死神の力で?」

いえ……と、佳依は口ごもった。死神の力を使うことはできない。彼が困ってしまう。それなのに自分は、一体、なにを口にしてしまったのだろう。ただ目の前の患者の苦痛が少しでもやわらぐようなことはできないか……と思っただけなのだが。

「できるよ、きみと一緒なら」

伯爵はそっと背後に立ち、佳依の手の上に自分の手を重ねてきた。

「さあ、祈って。きみの今の気持ちをこめて」

耳に触れた彼のささやきに導かれるように、心の底から彼女の痛みが少しでも楽になるようにと願った。それは幻想的な体験だった。彼の手のひらから深みのあるぬくもりが生まれ、自分の手を通りぬけて患者へと伝わっていくのが何となくわかった。

窓の外は、雪が積もって純白に包まれている。その合間からうっすらとさしこむ陽の光と風花《かざはな》が病室に舞いこんできているような錯覚を抱きながら、どこからが自分でどこからが伯爵かわからない曖昧な感覚に包まれていく。

そうしているうちに、少しずつ病人の患部から痛みが引いていくのがわかった。とても安らかな表情をしてぐっすりと眠りについた。笑みさえ浮かべて。

「おい、そんな力を使ってどうする。どうやったって助からないのに」

「だからこそ痛みをやわらげさせただけだ。これで安眠できる」

「今は休暇中だろう？　余計なことをするな。第一、ここはおれの管轄《かんかつ》だぞ。他の死神の領域を侵《おか》すのは許されない行為だぞ」

「なら、きみが何とかしろ。彼女のすさまじい激痛、放置しておくのは忍びない」

すると死郎はくすっと鼻先で嗤《わら》った。

「変わった死神だな。人間社会を経験するうちに頭をどうにかしたのか？　我々が人間の生老《しょうろう》病死《びょうし》にふりまわされてどうする」

「わかっている。だが、今は休暇中だ。人間らしい心の痛みを感じてもいいだろう？」

「力を使うのは反則だぞ。死神の手で人間の苦しみを除去させるなんて」

「これは私の力ではない。佳依の思いやりに私が少し動力を貸しただけだ」

もしかして自分にも何かしら力が？

「仕方ない、少し早いが、私が連れて行こう」

死郎がため息をつき、女性の肩に手をかける。

「もう大丈夫だ。もう苦しまなくていい。このまま眠って、花屋敷《はなやしき》に行くんだ。私の伴侶《はんりょ》が迎えてくれる」

死郎が女性の額《ひたい》に口づけをすると、ふぅっと魂のようなものが彼女の身体から抜け、窓の外に消えて行く。

「命を消したのか」

死郎がふりむき、口元に艶《あで》やかな笑みを浮かべる。

「そう、これでもう苦痛はない。予定では、あと二日、耐えがたい激痛にのたうち、やがて意識不明になって旅立つはずだったが……どうせなら安らかなうちに旅立たせようと、ちょっと気まぐれなことをしてしまった」

見れば、病室のベッドのなかでは、安らかな顔をして彼女が命の灯《ひ》を消していた。

「死郎くん、ずっと会いたいと思っていた、きみに訊きたいことがあって」

伯爵は神妙《しんみょう》な面持《おもも》ちで彼に話しかけた。

「いいけど、もうおれは次のところに行かないと。今日は時間がないんだ。明日、いや、次の日曜、おれたちのいる場所にきてくれ」

おれたち――――？

「おれたちということは、彼には仲間がいるんですか」

「ああ、その件で確かめたいことがあったんだ。あの死郎と名乗っていた死神は、私と同じように人間活動の経験者なんだ」

そのとき、どうやって過ごして、どうやって冥界に戻ったのか、伯爵は訊きたいらしい。

死郎から指定された日曜日、伯爵と共に浅草にある花屋敷という遊園地にむかうことになった。そこが彼の居場所らしい。

「わあっ、異人だ、異人だ」

道を歩いていると、子供たちが伯爵を囲んでからかう。

「やめなさい、さらわれて食べられるよ」「見てはいけない、崇《たた》られる」と大人たちが注意しても気にせず、数人の五歳くらいの子供たちが興味深そうに伯爵を見あげている。

「さらわれるだなんて。ひどい認識ですね」

「東京のような都会でも迷信深いのだな。だが子供は純粋に私が珍しいだけのようだ」

帽子をとって伯爵が笑顔をむけると、子供たちは「ぎゃーっ」「目が青い、お化けだ」と叫び、クモの子を散らしたように逃げていく。

「おもしろいな。どこも子供は正直だ」

「気を悪くしませんか?」

「パリでは、きみがああだった。ここでは私がこうだ」

たしかにパリでは佳依のほうが子供たちに奇異な目で見られた。

「同じパーツなのに、色や形が少し違うだけで、なぜ異質なものとするのか……私にはよくわからないが」

多分それは人間の永遠の課題だと思う。

そんな話をしているうちにやがて花屋敷についた。ここは四季の草花や盆栽《ぼんさい》などが展示され、めずらしい動物が飼育されている日本初の遊園地だ。生き人形、西洋あやつり人形、奇芸《きげい》などの見世物小屋の他に、ブランコ、すべり台などがある。

「ようこそ」

伯爵に気づき、現れたのは、二人組の男性だった。見た目は日本人だ。黒い袴姿、美しく若々しい日本人男性がふたり。その片方がこの前の死郎だった。

「もう一人の彼は……」

死郎の隣にいる若者は風車《かざぐるま》を手にしている。ふっと死郎が息をかけると、カラカラと風車がまわるが、その若者は興味を示さないような様子でぼんやりと遠くを見ている。

なぜふたりいるのか、もう一人も死神なのか——不思議に思った佳依に伯爵が小声でひとりごとのように呟いた。

「彼の伴侶だ。この国では、風船ではなく風車のようだが」

一瞬、意味がわからなかったが、何となくどういう相手なのか理解できた。ここは、伯爵がいた移動遊園地と同じ場所だ。あの世に旅立つ人間が最期《さいご》の一夜を過ごす場所。そしてあのもうひとりの日本人は、佳依と同じように死神を愛し、伴侶になったのだろう。

「もしかして……彼はぼくの先祖ですか？」

彼の風貌が自分と似ていることもあり、勇舞から借りた本のことを思い出した。冥界の神の伴侶になったという『冥祭』の原作者……。

「そのようだな。知っていたのか？」

「え、ええ、うっすら。勇舞から聞いて」

やはりそうなのか。死神の伴侶になったという人間。ここにいる彼がそうなら尋ねてみたいと思った。どうしてその道を選んだのか、後悔はなかったのか——そんなことを。

楽しげな真昼の遊園地。今の時間帯、遊園地自体は現世の人間たちの活動場となっている。

だが、彼らの姿は佳依以外の人間には見えないようだ。

「ぼくには……見えます」

「きみは私と反対で……やはり少し死神に近くなってしまったのか」

哀しそうな伯爵の言葉が重く胸に響く。こんな彼の声は初めてだ。

「そちらがきみの伴侶か？」

日本人の死神の一人——死郎が問いかけてきた。

「いや、彼はまだ人間だ。伴侶にはしていない。それに私も今は死神ではない。人間として生活している」

「無理だぞ、死神が人間になるのは。おれがいい例だ、失敗してしまった」

死郎は肩で息をついた。

「失敗？」

「ここにいる彼を人間界に戻そうとして、まずいことになった。消滅は免《まぬが》れたが、その代わり、彼を仲間にしてしまった」

死郎は隣にいる男性の肩を抱き寄せ、切なそうに言った。表情はなく、虚《うつ》ろな様子でただ人形のようにしている彼は、佳依や勇舞とどこか似ていた。

「その伴侶は、佳依のように人間だったんだな」

伯爵の問いかけに、死郎がうなずく。

「そう、彼を永遠に死ねない檻《おり》の住人にしてしまった。もう何百年、生きているかわからない。その長い時間のなかで、彼はこんなふうになってしまったんだ」

感情のない生き物のように。長い歳月に疲れ果ててしまったのが彼からはっきりと伝わってきた。

尋ねてみたいことがいくつかあった。けれどそれすらできない状況に佳依の頭は真っ白になった。経験したことのない長い歳月を想像するなんて無理だ。けれどひとつだけわかることがあった。あれは未来の自分かもしれないということだ。

「ありがとう、それを確かめたかった」

伯爵はそう言うと佳依を連れて帰路についた。

伯爵が確かめたかったのは、死神が伴侶にした人間の行末だったのか。燃えあがるような思いで伴侶になったとしても、人間に永遠という長い歳月が耐えられるかどうか。それを確認したかったのだ。

（ぼくは……ぼくはどうだろう）

あの伴侶の虚ろな眼差し、生きているかいないかわからないような様子に背筋がゾッとしたのは事実だ。

「やはり死神と人間の恋は不毛《ふもう》のようだな」

家に帰ると、伯爵はひとりごとのように呟いた。

「不毛？　ぼくはあなたの伴侶になれないってことですか？」

「わからない……ただとても難しいということに気づいたんだ」

「……」

「それより、ワルツの練習をしないと。理事長から頼まれた話をしたね？　次の授業で女学生たちに見本を見せて欲しいと」

「こんな気持ちなのにワルツなんて」

「だからこそ、少しだけ現実を忘れよう」

伯爵は切なげに呟き、ぐいっと佳依の背をひきつけた。互いの身体が密着し、佳依は彼の動きに身を任せた。胸と胸とが重なると、彼の鼓動が聞こえてくる。

このぬくもり。人間同士という実感が湧いてくる。

彼が死神だったときはどうだっただろう……。

……あのときは触れ合えなかったので、彼の鼓動も息も確認できなかった。今、確かにこうして感じ取ることができるというのは、彼が人間として生きている証拠ではないのか。

もし人間になりきれないのなら、どうすればいいのか。

あの謡曲のように彼は消滅してしまうのか？

そして佳依が死神になってしまうのか。

わからない。それが怖い。

愛している。もういい、やっぱり冥界に行こう。

そう言ってもいいのか？　伯爵はそれを望んでいるのか？

この世界で生きてほしい、あの世にはきて欲しくないと言っていたけれど……。

本当は違うのだろうか？

どうしたらいいのか、前例も見本もないのでわからない。そんな葛藤《かっとう》をかくすように、ただじっと彼に身を任せていると、いつしか後ろから抱きしめられていた。

「あ……っ」

耳朶《じだ》から首筋へ絡《から》みつくように伯爵がキスをしてくる。ちょっとした触れあいだけであっけなく全身が蕩《とろ》けていきそうになってしまう。

「っ……ワルツ……踊らないのですか」

「いい、これが私のワルツだ」

袴の結び目をほどき、着物のあわせから彼が手をさし入れてくる。彼の指の先が胸の突起《とっき》をころがすようになぶってきた。

うなじや首筋に触れる彼の吐息が熱っぽい。船でもここでも何度もこうして身体を重ねた。そのたび、彼の体温や息遣い、鼓動を感じて幸せな気持ちになった。

皮膚と皮膚との触れあい。濃厚な身体のつながりによって得られる一体感と、そこからあふれそうになる愛《いと》しさ。

トクトク……と背中に彼の鼓動が伝わってきて胸が苦しくなる。

愛するひとが生きている。その証、人間としての証だ。

耳への甘噛みが愛おしい。背中にたまっていく熱がどうしようもなく切ない。かけがえのない存在。そうだ、自分はこの人を愛しているし、この人を一人ぼっちにしたくなくて、あちらの住人になろうと決意したのだ。

たとえ何百年の歳月であろうとも、どんなに長い『永遠』であったとしても。

大丈夫だと言えるようにするのは自分だと思ったとき。

「ダメだ、やめよう」

ふっと伯爵が体から離れる。ふりかえり、佳依は伯爵を見あげた。

「え………どうして」

伯爵の瞳からポロリと涙が流れ落ちる。

「きみを抱けないから……泣いてるんだ。すべてをわかちあえたら幸せなのに……できないから」

「伯爵？」

「私がきみを愛してしまったせいだ。身体を重ねれば重ねるほどきみは死神に近づいている。きみの寿命がどんどん減っているのがわかる」

「――っ」

「思った通りだ。きみがだんだん私の世界に近づいている。だからもう抱けない」

伯爵がため息をつく。

「……あなたに抱かれたからですか？　それとも風船を手にしようとしたから？」

さみしげな眼差しで佳依を見つめ、伯爵はぼそりと呟いた。

「どちらも」

「それならいいですよ、死神の伴侶になりますよ」

首を左右に振り、伯爵はいさめるように言う。

「だめだ、さっき見ただろう、あんなふうになるかもしれないんだぞ」

「ええ、恐怖を感じました。でも、あなたの体温を感じているときにはっきりと決意したんです。そうならないようにするのは自分次第。ぼく自身がならないようにしていこうと」

「なにを言う。この前のように美しく舞台で舞っていたきみが好きだから、そのためにきみに『生』を与えたのに。私はまだきみをつれて行く勇気はない」

「でもぼくはあなたと恋をしたいんですよ」

「きみには未来がある。私はきみの人生を犠牲にしたくないんだ」

正しいことって？　そんなの人間が決めたことじゃないか。

「もう少し、もう少し人間として暮らそう。触れ合うことはできないが、それでも一緒にいられる。その間に考えればいいから」

4

春が訪れ、桜の季節になった。信州《しんしゅう》の神社での奉納《ほうのう》が決まり、流派の八割ほどの面々で巡業に行くことになった。伯爵《はくしゃく》も日本文化の勉強という名目《めいもく》でついてくることが決まっていた。

初日の諏訪大社《すわたいしゃ》の祭で、佳依《かい》は『羽衣《はごろも》』の天人を舞った。勇舞《ゆうま》も春にふさわしい『熊野《くまの》』や『隅田川《すみだがわ》』を演じた。まだ蕾《つぼみ》の桜の木々に囲まれた神社の境内《けいだい》での薪能《たきぎのう》。月明かりのなか、地元の子供たちをふくめ、老若男女《ろうにゃくなんにょ》が楽しそうに自分の舞台を見ている。

そのとき、ふと思った。どこで演じるのも同じだ、と。ここでやるのも定例公演でやるのもパリでやるのも。

（そうだ、ぼくにはこれがある。だからこれさえあれば、どこででも生きていける）

そう、ここでもパリでも同じならば、あの移動遊園地で自分の芸を磨《みが》くことだって可能ではないか。そんなふうに思うようになったのだ。

だからその夜、舞台のあと、佳依は今後自分がどうしたいかを伯爵に伝えようと思った。

宿に戻り、伯爵のところに行こうとしたそのとき、翌日の天気予報では嵐が来るという知らせが入り、急遽《きゅうきょ》、今夜のうちに次の興業地に移動しようということになった。

だが、人気《ひとけ》のない夜の山道にはすでに激しい風が吹き荒れていた。

周囲の木立が騒がしくざわめき、暴風雨が佳依たち一行の馬車を襲った。

大きな川にかかった橋の前まできたとき、対岸に行くか、こちらの集落に残って嵐がやむのを待つかで長老たちと地元の案内人の意見が分かれたらしく、勇舞が伯爵と佳依のいる馬車に相談にやってきた。

「勇舞くん、一刻も早くこの先の川の対岸に渡ったほうがいい。近くに死神の気配がする」

伯爵が深刻な顔で言った。死神……では死郎《しろう》が近くにいるのか。

「一刻も早くですか？」

「ああ、小半時《こはんとき》もあるかどうか。川の決壊《けっかい》も近い。決壊と同時に裏山の土砂も崩れてくる」

勇舞は顔を引きつらせ、すがるような表情で佳依の手を掴んだ。

「お願い、異母兄《にい》さんも一緒に説明を。地元の案内人も長老たちの多くもこちらに残ったほうがいいと言ってるんだ。おれ一人で説得するのは無理だ。次期宗家《そうけ》として毅然《きぜん》とすべきだというのはわかっているけど、今はとにかく時間がない」

「もちろん手伝うよ」

「私も行こう。西洋気象学の専門家とでも言うんだ。とにかく急がないと」

しかしどれだけ説明しても、頭のかたい長老や地元の案内人たちの意見を信じようとする座員たちが多く、十代の若者二人と外国人の説得に応じてくれる様子はなかった。

「若宗家、佳依先生、異人に騙《だま》されているんじゃないですか。川を渡るなんて危険ですよ」

口々にそう言う者たちが現れ、勇舞は「仕方ない、おれが責任をもつ。強行突破する」と勇舞は馬車の御者《ぎょしゃ》となって橋を進み始めた。「待ってください」と止める者もいたが、「若宗家が行かれるならおれたちも」と若い座員たちが従い始めた。

「我々も行こう。とにかく急いで。死の影が近づいている」

確かに。こちら側の岸に、怪しく蠢《うごめ》く影を感じて背筋に寒気がはしった。あれは死郎たちではない。もっと恐ろしいなにか――大量の死の影、死を誘う思念のような塊《かたまり》がそっと息を潜《ひそ》めてそのときを待っている気がするのだ。

そういえば、伯爵は言っていた。死を実感したものしか遊園地には行けない、戦争での大量死もそうだと。では、実感しなかったものはどうなるのかは聞いていない。自然災害の場合はどうなのか。もしかしてああいう得体の知れない黒い塊に呑まれていくのではないか。

「あ、よかった。みんな、続いてくれた」

勇舞が強行したおかげで若い座員が続き、仕方なく長老や地元民たちも橋を渡り始めた。若宗家としてみんなを守ろうとする強い意志によって一座を先導する異母弟の姿に、佳依は、ああ、もう彼は何の心配もなく、立派にこの先も流派を守っていくだろうと実感した。

雷の音が近づいている。二つの橋が連《つら》なる川の中ほどに中洲《なかす》が広がり、一の橋と二の橋の間に巨木がそびえ立ち、そこにお社《やしろ》があった。

お社の背後には樹齢何百年かという杉の巨木。

御神木として崇《あが》めているのだろう。しめ縄が張られている。

雷雲が膨《ふく》らみ、何度も黄金色《こがねいろ》の雷光が明滅《めいめつ》したかと思うと、耳が裂けるような落雷《らくらい》の音がこだました。

「不吉な。なにか問題があるのでは」

橋を渡ったところで杉の巨木の陰の社で雨を凌《しの》ぐことにしようという意見もあったが、これ以上、増水してしまうと、橋が渡れなくなってしまう可能性があるので急ぐことにした。

しかし村に続く橋を渡ろうとしたそのとき、村人たちが橋を渡れないように止めていた。

「あの異人のせいだ」

「この雨は天の怒り、あんな異人がいるせいでこんなことになったんだ」

どうやら迷信深い村人が、この嵐を伯爵と結びつけ、村に入れることを拒んでいるようだ。

信州の深い山々の間の渓谷《けいこく》。どんどん水が増水しているというのに、一行は中洲で立ち往《おう》生《じょう》してしまうことになった。

「どうしよう、あちらに渡れなかったら、全員、ここで流されてしまう」

「待って。座長として、おれが村人を説得してくるから」

勇舞が大雨のなか、橋を占拠《せんきょ》している村人たちを説得しようと試《こころ》みた。そのとき、座員の誰かが言った。

「その異人のせいだ。橋を渡ったほうがいいだなんて、あいつが若宗家を騙して」

「佳依先生、どう責任とってくれるんだ、あんたか異人なんて連れてくるから」

「最初から反対だったんだ、異人と同行だなんて。山神がお怒りになってるんだ、神域《しんいき》の地を異人に踏ませ、穢《けが》したりして」

濁流《だくりゅう》と落雷の恐怖から、座員たちが恐慌を来《きた》したように伯爵を非難し、同行させたとして佳依をとり囲んで責め始めた。

「そうだ、この異人を川に捧《ささ》げるのはどうだ、山の神のお怒りを鎮《しず》めるんだ」

「それがいい、穢れを祓《はら》うんだ。古来、この地では御贄柱《みにえばしら》の習慣もあるではないか」

いつしか伯爵を生贄《いけにえ》にして、山神の怒りを鎮めようという話まで出てきた。

「ちょっと、待ってください。どうしてそんな発想をするのですか」

佳依は驚いて座員の騒ぎを収めようとした。しかし伯爵が後ろから佳依に近づき、肩に手をかけてきた。

「たしかに、私は異人の上に人間ではないからな。山の神が怒っているのかもしれない」

「伯爵、そんなことは」

「いや……多分、そうなのだろう。この深い山、神のいる聖域……死神のくる場所ではない」

頭上から激しく叩きつける雨を受けながら、伯爵は覚悟を決めたように言った。

「みんなの望み通り、川に飛び込んでもいいぞ」

人身御供《ひとみごくう》……。怒りを鎮めるために。

「いけません、伯爵っ！」

佳依は川岸に進む伯爵の腕を後ろから捕まえた。

「どうしてそんなことを。あなたはどうなるのですか」

「人間としての肉体は失うだろう。この肉体という器は人間と同じ機能しかない。怪我もするし、熱もでる。おかげで痛みや苦しさも体感できた」

冷静にそんなことを口にする伯爵に腹が立つ。どうしてこんなときにそんなことを。佳依の焦りとは裏腹に、パッとあたりを照らした稲光が伯爵の澄んだ笑みを浮かびあがらせる。ふっとそのむこうに無数に蠢く黒い塊のようなものが見えた。

ああ、もう今にもこの地を濁流が襲うのだ。多くの命がなくなるのだ。それを伯爵は止めようとしている。自身の肉体を犠牲にして、我々を助けようとしているのだ。

「なら、ぼくも一緒に行きます」

佳依は伯爵の手をとってほほえんだ。雨でぐしゃぐしゃに濡れた自分のほおに、涙が落ちていくのがわかった。そうだ、それでいい、一緒に逝《い》けば。

「なにを言う。彼らが望んでいるのは私だ。異質な人間を排除したいのだ」

笑顔をむけた伯爵が黒猫を佳依に渡す。

「彼と仲良くしてくれ。あちらの世界で待っているから」

次々と、稲妻が現れては閃光《せんこう》を走らせて消えていく。

「いけない、なにをしているんだ、ふたりして。馬鹿なことをやめて。人身御供なんて、この明治の世にそんなこと、おれがみんなを説得してくるから」

勇舞が二人に気づき、駆け寄ってきて佳依と伯爵をひき止めようとする。叩きつけるような雨で視界もままならない。だが、そのとき、ゴオォと大地が呻《うめ》き声をあげたかのような轟音《ごうおん》がした。山鳴りだ。すさまじい濁流とともに流木が橋や中洲に音を立ててぶつかり、土が腐ったような異臭が広がっていった。

「だめだ、もう時間がない」

伯爵がそう言った瞬間、天地を切り裂くような稲妻がはしった。自分まで落雷を受けたかのごとき痺《しび》れに骨まで痛み、佳依は黒猫を抱いたままその場に倒れこんでいた。

「佳依っ！」

伯爵が抱きあげ、ふわっと身体が軽くなるのを感じた。

さっきまでいた河岸は土石流に埋もれ、中洲に続く大きな橋は跡形もなかった。

中洲の中央にあった大きな杉の木が焼けた状態でまっぷたつに割れ、地面に叩きつけられた反動で一座の馬車や人々が次々に川に転落していく。一方、村人たちのいた橋は流木まじりの濁流に呑まれ、数十人が一気にその渦《うず》のなかへと落ちていくのが見えた。墨《すみ》を溶かしたような黒々とした影が彼らの上を覆っていく。

「……っ」

しかし佳依は伯爵に抱かれたまま、宙に浮いた状態で無事だった。同じように勇舞も宙に浮いている。

そんな三人の前にすさまじい光景――まさに地獄絵図が広がっていた。怪しく蠢く影がどす黒い暗雲となり、とぐろを巻きながら収縮をくりかえして人々の魂を吸収しようとしているのがわかり、とっさに佳依は叫んでいた。

「だめっ、だめだ！」

その瞬間、はたと時が止まったように静かになり、暗雲の動きが停まった。いや、それだけではない。すべてがモノクロームの墨絵《すみえ》のように停止していた。

荒々しい音を立てていた濁流も豪雨も雷も動きを止め、生きているように動いているのは、佳依と伯爵と勇舞だけだった。

「――やれやれ、なんということをしてくれたんだ」

現れたのはこの国の死神二人――死郎とその伴侶……人形のようにうつろな表情をしている先祖――だった。

佳依も勇舞も一度幽明《ゆうめい》の境を行き来したため、彼らの姿が見えるのだ。ここでこんなふうに浮きあがっているのもそれゆえだろう。

「せっかく暗雲が大量の魂をまとめて連れて行こうとしているのに、きみたちのせいで、おれの仕事が増えたじゃないか」

呆れたように死郎が言うと、伯爵が説明を付け加えてくれた。

「あの暗雲は、戦争のときに現れるものと同じ。遊園地に行くことのできない魂を呑みこむものだ。自分の死を理解しないまま死んでしまった者たちの行き場のない霊魂の集合体だよ。なかには生前の善行《ぜんこう》で天国に逝ったり成仏《じょうぶつ》する者もいるが……ああやってさまよって同じような仲間を増やそうとする思念の塊だ」

そんなものが存在していたのかと思うと、得体の知れない戦慄《せんりつ》に身体がふるえた。勇舞も顔を引きつらせ、蒼白になっている。

「佳依くんが彼らの動きを止めようとし、伯爵が力を貸してしまった。だから集合体は魂を呑みこめなくなってしまった。仕方ない、おれがこれから花屋敷《はなやしき》に連れていって、大量の魂を弔《とむら》わせてもらう。さあ、手伝ってくれ」

人形のように無表情なままの伴侶に死郎が話しかけると、彼は川で溺《おぼ》れている人たちのいる方向に進もうとした。しかしハッとして勇舞がそれを止めた。

「待って。大事な座員なんだ、村人も大事な関係者だ、死なせるわけにはいかない」

すると伴侶はゆっくりと振り向き、首を左右にふった。

「命はいずれ消えるもの、それが今でも未来でも変わらない、私の子孫よ」

「子孫……じゃあ、あなたがこの『冥祭《めいさい》』の原作者か」

勇舞が胸元から風呂敷包みをとりだす。雨に濡れないように大切に覆われたそれは、あの謡《よう》曲本《きょくぼん》だった。それを彼が前につき出した瞬間、強烈な落雷がそこに落ちてきた。ものすごい衝撃を受け、勇舞が本を庇《かば》うように抱きしめて倒れこむ。

「勇舞っ！」

佳依はとっさに彼に手を伸ばそうとしたが、伯爵がそれを止める。そして佳依を腕から下ろして勇舞を抱き起こした。

「大丈夫、まだ息がある。だが、このままだと消えてしまう。彼はここで消える命じゃない。どうしてきみは彼を連れていこうとする」

責めるように言う伯爵に、先祖は忌々《いまいま》しそうな眼差しをぐったりとしている勇舞にむけた。

これまでまったくの無表情だったのに、生きている人間のような表情になっている。

「私の子孫だからだ。私がどうしようと自由にしていい人間だ。その男もそこにいる男も、そして私の作品も、ずっと消したかった私の心残りだ」

先祖の冷ややかな視線は佳依にもむけられていた。そのとき、勇舞が声をふりしぼるように言った。

「バカなことを……この作品を消すなんて……自分の存在を否定することになるのに」

「遠い遠い昔に残したつまらない日記だ。誰一人、演じたものはいない駄作……」

「そんなこと……ない、おれは好きだ。ただ、あの作品の冥界《めいかい》の神の気持ちもあなたの気持ちも理解できる人間がいなかっただけだ。でも、おれが演じてみせる。あなたが……かって魂を込めて、冥界の神への愛をこめて書いた作品に……おれが命を吹きこんでやる。そのために……そこにいる座員たちが必要なんだ……村人の支援も……」

そのとき、それまで負の感情しかなかった先祖の瞳が複雑に揺れるのがわかった。生気がもどっている。そして切なそうに彼が呟く。

「もどしたい……みんなの命を……」

「無理だ。死神の摂理《せつり》に反する。それはできない。一度、おれは反則行為をしたとして罰を受けている。もうごめんだ」

死郎が冷たく言って伴侶の肩を抱き寄せたとき、伯爵がまっすぐ川に手を伸ばした。

「私がここにいる全員を助ける。死郎くんはなにもしなくていい。罰を受けるのは私だ」

「伯爵……あなたはこれで二度目だ。わかっているのか」

死郎の言葉に、伯爵は澄んだ笑みを見せた。

「わかっている」

「そうなったら、伯爵、あなたの休暇は終わりだ。死神の力は使わないという約束を破ったうえに、罰も加えられるぞ」

「当然のことだ」

「以前に彼を人間に戻した上に、また今度の件も加われば、確実に消滅するぞ」

消滅――――？

佳依はハッとした。

そうだ、『冥祭』にはそう書かれていた。死神としての力は使わないという約束で人間界に来ていた。だが、使ってしまったら伯爵は元の世界に戻らなければいけなくなる。

しかも伯爵が存在していたという事実――記憶とともに。

「待って、それはやめて。あなたが消滅だなんて」

「だが、そうしなければ流された全員が助からない。全員死亡し、花屋敷に行くことになるだろう」

「それは……」

「すまない、数十年、きみと過ごすつもりだったのに。たっぷりきみとのロマンスを楽しむのがたった一つの夢だったのに無理だった。でも幸せだったよ、愛を知ったんだから」

伯爵が静かにほほえむ。そのあまりに美しい笑みに佳依の胸は裂かれたように痛み、こみあげてくる絶望感にほおが濡れた。どうして、どうしてそんなことを。

「一緒にいること自体、無理だったんだ。きみもわかっているだろう？　私といるときみが死神化していく。触れあえば触れあうほど、きみはこの世のものではなくなっていく」

それは気づいていた。彼も懸念《けねん》し、佳依と触れあわないようにしていた。だが、こうしてはっきり断言されると、パリの遊園地で風船をとれなかったときよりもさらに激しい絶望とどうしようもない哀しみが佳依の胸に広がっていく。

「ありがとう、ひとときでも一緒に過ごせて本当に楽しかったよ。たとえ消滅しようとも、私は世界で一番幸せな死神として生きたから」

「いやだ、だめ、そんなこと絶対にだめ」

佳依は伯爵の腕をつかんだ。そう、あのとき、この手で風船をつかむつもりだった。伯爵と一緒にいるために。自分が逝けば彼の罰は減る。そうすれば彼は消滅しない。伴侶を得て、今度はふたりであの遊園地の住人になるのだ。

「一緒にいきます。最初からそのつもりでした」

「私のことはいいよ、十分、愛をもらったから」

「十分じゃないです、ぼくのほうは全然十分じゃないんです。伯爵、聞いて、あなたがいないことにぼくが耐えられないんですよ。あなたがいない世界でどうやって生きていけばいいんですか。こんなにも愛しているのに」

伯爵の目元が震える。身を犠牲にしても佳依を人間として生かそうとしているその心に胸が痛む。でも「生きる」ことは、人間だけの権利ではない。彼も言ったではないか、幸せな死神として生きた、と。彼にも「生」はあるのだ。違う形ではあっても。

「伯爵、あなたも生きてください。死神として、生きるんです、ぼくと一緒に」

伯爵の目が涙でいっぱいになるのがわかった。佳依の瞳からも涙があふれる。

「ぼくの『生』の形が変わるだけで、生きることに変わりはないんです。なによりも勇舞のことも含め、ぼくたちの人生はすでに伯爵によって変えられてしまったんです。だからもう普通に生きることは無理です。死神化するなんて素敵じゃないですか、あなたと同じ『生』の形が得られるなんて」

「佳依……」

彼の声が泣き声のように震えている。感情があふれそうになっているのだ。それが嬉しかった。彼の感情、彼の『生』がそこにある。

「ぼくの人生はもう伯爵とつながっているんです」

佳依はそこまで言うと、死郎とその伴侶を見つめた。

「ぼくはあなたたちのようにはなりません。あちらで芸を極めることにしたんです。舞台に立って気づきました。どこで演じるのも同じ。場所は関係ない。だから、勇舞はこの人間社会で芸を極め、ぼくはあの移動遊園地で、あそこにやってくる人たちのために、『羽衣』を舞おうと思ったんです」

「……っ」

先祖が唇をきゅっと噛み締める。

「あなただって勇舞を死なせたくないと思ったでしょう?」

ああ、と彼がうなずく。

「彼が魂を入れると言ってくれたとき、自分がなぜこちらの世界で死んだようになってしまったか、その意味がわかったよ。私はここで『生』を生きていなかった。死郎さん、長い間、苦しませてごめんなさい」

彼らの間にこれまでになかった光が見える。そう、あの光はきっと伯爵と自分の間にもある光だ。ふたりの未来の希望だ。

「佳依……後悔はないんだな?」

伯爵が切なそうに目を細め、佳依に手を伸ばしてくる。佳依は笑顔でうなずいた。

「ええ、あなたは、ぼくに芸を極めて欲しくてこの世に戻した。でも、どこでも同じなんです。だからあちらでプロとして活動します。あなたの伴侶、それから遊園地の職員、そしてあそこで舞台をやる芸術家として」

伯爵と愛しあう道を選んだことで、佳依は伯爵の永遠のパートナーに。メリーゴーランドの住人になる。でもそれは、能楽師《のうがくし》としての道を諦めることではない。

どこででも、自分がやろうという気持ちになれば同じなのだ。

「異母兄《にい》さん、おれはこっちで極める。『冥祭』を成功させてみせる。だから異母兄さんは好きにすればいい。いつかまた会えるんだから」

勇舞はそれを生涯、誰にも話さない代わりに、与えられた運命をまっとうすると約束する。

その瞬間、それまで停まっていた時間が再び動き始め、佳依の前で、川に投げ出された人々が岸にたどり着くのが見えた。

雨《や》が止み、いつのまにか夜が明けて太陽の光が彼らに降り注いでいる。そして岸辺の桜が美しく花開いていた。清浄な、それでいて匂い立つような日本の桜……。その光景を見ながら、伯爵は佳依の手をとり、幸せそうに微笑した。

「何と美しい。これが日本の春の花か。いつか見せたいときみが話していた……」

「ええ、ぼくの一番好きな花です」

それが佳依がこの世界で人間として見た最後の光景だった。


「これからずっとここで一緒です」

もどってきた。風船をつかもうとしたあの瞬間に――――。

メリーゴーランドの前で、佳依はしっかりと風船をつかんでいた。

死神の伴侶にふさわしいかどうか、風船が選んでくれるのだと伯爵が言っていたが、自分の手にはっきりと風船がある喜びに佳依は自然と笑みを浮かべていた。

「ありがとう、いっしょに生きることを選んでくれて」

伯爵は佳依を抱きしめてきた。

「伯爵、あなたといるときが一番幸せなんです。ありがとうございます。もう一度、あなたとの時間を始めることができて幸せです」

二人の胸の間には黒猫。メリーゴーランドがまわっている前で、風船をつかんでいる佳依を伯爵が抱きしめている。

佳依は伯爵の背に腕をまわした。甘やかな彼の鼓動が聞こえてくる。自分と同じリズムを刻んだ心臓の音。死神同士としてこれからここで生きていくのだ。

世界中でただひとり愛《いと》しいひと。ただ愛しいだけのひと——彼との幸せな時間が始まろうとしていた。永遠の夜をともに過ごす新しい時間が。

†

「——いつからあるのか、いつ始まったのかはわからないけれど、世界中を移動している小さな小さな遊園地がありました」

枕元で絵本を読んでいるかわいい孫——佳依の声を聞きながら、勇舞は幸せな気持ちでやわらかな褥《しとね》に横たわっていた。

勇舞が名付けたこの孫。彼と同じ名前の大切な異母兄《あに》がこの世界から消えてしまったのと同じ桜の季節——うららかな美しい晴れた日の午後だった。

「サーカス、人形劇、見世物小屋……。たくさんの人に夢と喜びと、束《つか》の間の幸せを与えてくれるその遊園地には——」

絵本を読んでいる声がとても愛らしい。黒い袴姿のあどけない末の孫。彼が生まれたのもこんな季節だった。

「このおじいちゃんの絵本、とっても素敵だね。おじいちゃんにも聞こえているかな」

ああ、聞こえているよ。ありがとう、最期《さいご》にその話を聞かせてくれて。

聞こえてはいるけれど、もう返事をすることはできないんだ、ごめんね。手を動かすことも目を開けることも……そう、呼吸をすることもできないんだよ。

あちらの世界に逝《い》く時間がきてしまった。おじいちゃんも逝くことができるだろうか、愛しい異母兄がいる移動遊園地に。

「それでは、これから保月《ほうづき》流宗家の告別式を行います」

司会の声が響くなか、都内にある真新しい能楽堂《のうがくどう》に大勢の列席者が集まっている。

保月勇舞、七十三歳。死因は心筋梗塞《しんきんこうそく》。とても幸せな人生だった。

明治が終わり、大正がきて、日清《にっしん》戦争、日露《にちろ》戦争、関東大震災、太平洋戦争、そして戦後の混乱期……。辛いことも多かったけれど、今、少しずつ日本の国が未来にむかって大きく成長しようとしている。関東大震災で倒壊《とうかい》し、東京大空襲で消失してしまった保月能楽堂も、数年前に新たに落成し、そこで異母兄のことを思いだしながら『羽衣』を舞った。

「ねえねえ、お母さん、この絵本、ぼくがもらってもいい？」

孫の佳依が母親に尋ねている。

「いいわよ、おじいちゃんのその絵本。空襲でも燃えずに残った貴重なものよ。こっちが日本語、こっちがフランス語、明治時代に出版されたとってもめずらしい絵本なの。おじいちゃんの形見《かたみ》だから、大切にするのよ」

「うん、そうする」

おじいちゃんの形見……か。

残念ながら、その絵本はね、おじいちゃんの絵本じゃないんだ。

みんな、そんな人物がいたことすら覚えていないけれど、それは、佳依、おまえと同じ名前の美しいひとの形見なんだ。彼のことを知っているのは、おじいちゃんだけ。おじいちゃんがいなくなったら、この世界に彼がいたことを知る人間は一人もいなくなる。

いや、最初からいなかったのかもしれない。

おじいちゃんが夢見た世界の幻だったような気もする。

美しい死神と恋をして、別世界の住人になってしまった異母兄。『羽衣』の天人のようなあのひとは、本当にこの世にいたのだろうか。


どこからともなく聴こえてくる優雅な三拍子の音楽……これはワルツだ。甘く優しい音楽に包まれ、気がつけば虹色の光がきらめく遊園地の前にきていた。

みゃおん……と、昔、耳にしたことのある愛らしい猫の鳴き声に胸が熱くなる。

きたんだ、ついにここに――と何ともいえない切ない感情が胸に広がったとき、ふっと目の前に黒猫が現れる。くるりと背を向け、尻尾《しっぽ》を立てて、ついてこいと言わんばかりに黒猫が進む先に導かれていくと、きらきらときらめく舞台で舞っている天人の姿があった。いつしかワルツではなく、美しい幻想的な謡曲があたりに響いている。

そしてその中央で、重力を感じさせず、天人のように舞っているのはなつかしい異母兄――佳依だった。

「あ……」

あのころと変わらない美しさ。けれどこの世で勇舞が観てきたどんな舞手《まいて》よりも、心に綺麗なエネルギーを感じさせる舞だった。

――我が身に息づく冥神の命、触れたぬくもりを抱《いだ》きて歩み続ける

これは『冥祭』の一節だ。自分たちの先祖が命がけで産みだした作品に勇舞が命を吹きこんだことで、今では流派を代表する作品となり、国内外で高い評価を得ている。

あなたも舞ってくれていたのですか。そう問いかける代わりに自分の袂《たもと》から扇《おうぎ》をだし、その舞人の前に歩みでていた。

ひとさし、扇を出して背を合わせるように腕を絡めながら舞うと、彼がそっとふりむいて扇を閉じて腕を絡めてくる。同じ舞を合わせ鏡のように舞っていく。

異母兄とこんなふうに踊るのは初めてだ。生きているとき、一度もなかった。それなのにどうしたのか、互いの呼吸が重なりあうように二人の舞が自然と溶けあっているのがわかる。

そうか、自分たちはそれこそ合わせ鏡のように、この世とあの世とで互いに懸命に『生』をまっとうしたのだ。だから同じように踊れるのだと思ったそのとき、両眼に熱いものがこみ上げてきた。涙に潤《うる》む視界の端で、黒猫を抱き、風船を手にした伯爵の姿が揺れた。

「……っ」

音楽が終わり、いつしかメリーゴーランドの前に立っていた。

「ようこそ」

伯爵……全然変わっていない。美しいまま。

「勇舞、お疲れさま」

伯爵の隣で笑顔で出迎えてくれたのは、異母兄の佳依だった。

一日も忘れたことはない。現実だったのか夢だったのかわからなくなるほど遠い昔の時間をともにした愛しい人。

異母兄《にい》さん、あなたは前よりも綺麗になった気がします。

そのとき、メリーゴーランドの中央にある鏡に写っている自分を見て驚いた。

異母兄と別れたときの若いままの自分がいた。

「あっという間だったよ」

話しかけると、佳依は手を伸ばして勇舞のほおに手を伸ばしてきた。

「うん、本当にあっという間だったね」

なつかしい声に胸の奥が熱くなる。

「結婚したんだね」

「うん、孫までいるよ」

おれの奥さん、異母兄さんにちょっと似てるよ。結局、婚約していた大店《おおだな》の娘とは結婚しないで、普通に恋愛をして結婚したんだ。あ、でも、似ているのは顔だけだけどね。性格は全然違っていて、おれ、ずっと尻に敷かれていたよ。それから二人の娘、あとは五人の孫。

一番下の孫に佳依と名づけたよ。多分、一番才能がある。

流派も大きくなった。

太平洋戦争のとき、存亡《そんぼう》の危機におちいった。たくさんの弟子たちが戦争で還《かえ》らぬ人となってしまったよ。

でもその家族や子供たちが協力してくれて、戦後、流派も立て直っていったよ。

おれは、生きる芸術品とまで言われるようになった。

閻魔《えんま》大王を美しく演じすぎると他流から呆れられたこともあったが、それは自分の知っている死神たちが美しいからだ。

伯爵、それから異母兄さんという。

「おれ……おれ」

言いたいこと、伝えたいことがいっぱいあるのに、結局、こんな一言しか出てこなかった。

「がんばったね」

その言葉に涙があふれた。

そうだね、異母兄さんはずっと見ていてくれたんだね。

「よかった、花屋敷じゃなくて、パリの遊園地にこられて」

思わず漏らした言葉に、伯爵がふっと意地悪い笑みを浮かべる。

「きみは、私たちのことを知っている唯一の人間だからね。こっちにしか来られないことになっているんだよ」

「面白いね、いろんな決まりがあるんだ」

「決まりがなければ大変なことになる。毎日、どれほどたくさんの訪問者がいると思うんだ」

それは確かにそうだ。

「ねえ、ここ、あれだよね、最後に一番過ごしたい相手と過ごすことができるんだよね」

「ああ」

「じゃあ、今夜、異母兄さん、借りていい？」

伯爵が片眉を上げる。

「一番会いたくて過ごしたいひと……異母兄さんだから」

わかっていたという様子で、伯爵は佳依をちらっと見る。

「ありがとう、勇舞、指名してくれて」

本当に嬉しそうな笑みを見せる異母兄の手をとり、そっとその手にキスをする。さっき扇をつかんでいた美しい手。一緒に『冥祭』を舞ってくれた。

「ありがとうだなんて言わないで。おれ、地獄に堕《お》ちても仕方ないほどあなたにひどいことをしてきたのに。どれだけ謝っても謝りきれない。なのにあなたはパリの火事のとき、命がけで助けてくれて……おれを許してくれた。それから『生』の大切さを教えてくれて……かけがえのないものをたくさんくれて……その上、素晴らしい舞でおれを迎えて、一緒に踊ってくれた。伯爵は世界一幸せな死神かもしれないけど、おれは世界一幸せな人間だよ」

これだけは伝えなければ。この遊園地で異母兄さんと再会したときに絶対に伝えなければと思ってきた。ありがとう、ごめん、大好きだよ、愛しているよ、という想いとともに。

「そう思えるのは、勇舞がきちんと生きてきたからだよ、自分の人生を精一杯」

さあ、だから最期の夜を楽しもうと、異母兄がおれの手をとって観覧車に案内してくれる。

「ねえ、異母兄さん、ここにきてよかった？」

伯爵が不安そうに佳依に視線をむける。彼を見つめ、佳依がにっこりと微笑する。

「答えはわかってますよね？」

その笑顔を見ていると、心も身体も一気に浄化され、美しくなっていくような気がした。ああ、本当に異母兄は伯爵を愛していて、ここで幸せに暮らしているのだとわかって勇舞自身も幸せな気持ちになる。

「……さっき踊って……それから今こうして、改めて実感する。異母兄さんは、やっぱり天人だったんだなって」

きょとんとした顔で首をかしげる異母兄に、感謝と敬愛をこめてほほえみかける。

「最初からここにくるべき人だったんだ。人間として生きる人じゃなくて、たまたま天人が人間界に誕生しただけ。あの謡曲の巫女《みこ》と同じ。一緒に踊ったことで改めて実感した」

するど伯爵は勇舞の肩に手を伸ばしてきた。

「そうだと思う」

「あなたもそんなふうに？」

「ああ、佳依は私のために人間界に生まれた伴侶だ。人間界に生まれ、人間というものの素晴らしさを私に教えてくれるための存在」

「おれもそんな気がします」

そしておれは天人の舞を人間界に伝えるため、それを残すために選ばれた相手なのだということを、今、ここにきてようやく悟《さと》った。だからあなたに嫉妬したり、かなわないことに足掻《あが》いたり。天人と人間は同じではない。それゆえとても苦しい思いもした。けれど、素直に敗北を認め、異母兄を目標にしてがんばろうとしたことで、結果的に己の現世での使命をまっとうすることができ、今、こうして幸せな寿命を終えられるのだと実感している。

「人間なんて大した存在ではない……限りのある命なんてつまらない。私はね、佳依と出会うまでいそう思っていた」

だけど、違う。毎日、ここにくるひとたちの人生には限りがある。

「その限りがあるからこその輝きがどれほど美しく尊《とうと》いか。それを知ることができたからこそ、佳依という伴侶を得ることができたんだと思う」

黒猫を片腕に抱き、もう片方の手を彼が異母兄の肩に伸ばす。

ふたりは一刻も離れられないくらい深く愛し合っている。それがわかり、このまま自分が一晩異母兄を借りるのが申し訳ない気持ちになってきた。

「あ、よかったら、三人で観覧車に乗りませんか」

勇舞の提案を受け、ふたりは一緒に観覧車に乗ってくれた。

黒猫を抱いた伯爵を向かいにして、兄弟で並んで座る。

少しずつ上空へと進んでいく観覧車からは、夜のパリが一望できた。

ここも戦争で大変だったと思うけれど、それからもうそれなりの歳月が流れているせいか、それとも夜という闇に包まれているせいか、ただただ美しい光が散りばめられた夜景にしか見えなかった。

「伯爵、異母兄さん、ありがとう、一緒に観覧車に乗ってくれて」

若いときにもどったように心が弾《はず》む。

「すごく綺麗だね、エッフェル塔、セーヌ川、ノートルダム大聖堂……若いときに見たのと変

わらない」

あれから一度もパリにはきていない。戦争中、満洲《まんしゅう》に慰問《いもん》には行ったけれど、国外に行ったのはそれだけだ。

「ねえ……あっちに逝くとどうなるの？」

問いかけると、佳依はちらっと伯爵と視線を合わせ、そのあと、勇舞の肩に手をかけてほおにキスしてきた。

伯爵が優しく微笑している。

「大丈夫、きみは平和に静かに眠れるよ。だからゆっくりお休み」

平和に、静かに、ゆっくりお休み……そうなんだ、よかった。

そう思ったとき、ふっとどこからともなく声が聞こえてきた。

一番下の孫の佳依が読む絵本のラストが。

「――神さまは花嫁と一緒にいっぱい風船を持って、メリーゴーランドに乗る人たちに『お疲れさま』と笑顔で声をかけます。神さまと花嫁の笑顔を見ると、その遊園地を訪れた人たちも同じように笑顔になりました」

神さまと花嫁はいっぱい風船を持ってメリーゴーランドの前に立ち続けています。

そしてやってくる人たちを笑顔で迎え、翌朝、彼らを笑顔で見送ります。

お疲れさま、ゆっくりお休みくださいーーと優しい声をかけながら。

あとがき

AFTERWORD

―華藤えれな―


こんにちは。この本をお手に取っていただき、ありがとうございます。

いきなりですが、お祭からお祭へと移動する遊園地が好きです。今は海外に行けない日々が続いていますが、毎年のように欧州旅行をしていたとき、よく移動遊園地に遭遇し、夜遅くまできらきらとした賑《にぎ》やかな姿を眺めているのが好きでした。そして朝、祭が終わったあとの静寂も。誰もいない閑散《かんさん》としたそこを歩き、甘い淋しさとほのかな懐かしさのようなものを感じたときに、ふと思いついたのが今回のお話のベースとなっています。

時代はちょっとずれていますが、書いている間、ショスタコーヴィチのセカンドワルツやパダムパダム、パリの空の下、それからサティのジュトゥヴといった三拍子の曲をずっと聴いていました。人々に夢の一夜を与える移動遊園地。そこにいそうな神さまと、そんな神さまを愛した人間と、一夜だけそこで遊べる人たち。そんな空気が出ていればいいのですが、いかがでしたか？　ラストは今まで書いたことのない形でしたが、こういう終わり方にしたいと強く思っていたので、そこまでたどり着けてよかったと思っています。

今回は雑誌のファンタジー特集に書かせていただいた雑誌掲載分と書き下ろしとで一冊になっています。雑誌の原稿の直前、愛犬との哀しいお別れがあり、何もできないくらい落ちたのですが、ファンタジーなら何でも大丈夫という担当さまのお言葉にすがるように、それなら、ずっと書きたかったこれにしよう、今は他のものは書けない……という私なりにぎりぎりの状態で挑戦したのが本作です。それから愛犬への哀悼《あいとう》も同時にこめて。

今回のイラストは、木下《きのした》けい子《こ》先生にお願いしました。大好きな漫画が多く、昔からずっと拝読していたので、挿絵を描いていただけると知ったときは夢のように舞い上がってしまいました。優しさと癒《いや》しを感じる先生のファンタジックな絵が描く世界が大好きです。ご一緒できまして本当に幸せです。どうもありがとうございました。

担当さま、ああしたいこうしたいと思いながらも漠然としたことを具現化できないところが多い私ですが、いつも端的《たんてき》にとらえていただき、なおかつ細やかにチェックしてくださることに心強さと感謝の気持ちを抱いています。心から御礼を申し上げます。

ここまで読んでくださったみなさま、本当にありがとうございます。ずっと書きたかったテーマなので、楽しんでいただけていたら嬉しいのですが、どうでしょうか。何か一言感想など教えていただけましたら幸いです。何と今年でデビューして25年です。私のような物書きでもここまで続けられたのは読んでくださっている読者の皆さまと支えてくださっている担当編集さま、出版に関わる方々、書店員さま、たくさんの方々のおかげです。心から感謝しています。今、新しいことにも挑戦し、一歩一歩、精進《しょうじん》していきたいと思っているところです。これからもお目にかかれましたら嬉しいです。どうかよろしくお願いします。

この本を読んでのご意見、ご感想などをお寄せください。
華藤えれな先生・木下けい子先生へのはげましのおたよりもお待ちしております。

〒113-0024　東京都文京区西片2-19-18　新書館
[編集部へのご意見・ご感想] ディアプラス編集部「さみしい神様のメリーゴーランド」係
[先生方へのおたより] ディアプラス編集部気付　○○先生

- 初出 -
さみしい神様のメリーゴーランド：小説ディアプラス2020年 アキ号掲載(Vol.79)
恋する神様のロマンス休暇：書き下ろし

[さみしいかみさまのメリーゴーランド]
さみしい神様のメリーゴーランド

著者：華藤えれな かとう・えれな

初版発行：2022 年2月 25日

発行所：株式会社 新書館
[編集] 〒113-0024
東京都文京区西片2-19-18　電話（03）3811-2631
[営業] 〒174-0043
東京都板橋区坂下1-22-14　電話（03）5970-3840
[URL] https://www.shinshokan.co.jp/

印刷・製本：株式会社光邦

ISBN978-4-403-52547-6 ©Elena KATOH 2022 Printed in Japan